南 英男

盗聴

強請屋稼業

実業之日本社

実業之日本社文庫

目次

『盗聴　強請屋稼業』おもな登場人物

見城　豪……渋谷に事務所を構える私立探偵。六年前まで警視庁赤坂警察署の刑事で、刑事課と防犯課に所属していた。三十六歳。

帆足里沙……パーティー・コンパニオン。見城の恋人。二十五歳。

百面鬼竜一……警視庁新宿警察署刑事課強行犯係の刑事。見城の友人。四十歳。

松丸勇介……フリーの盗聴防止コンサルタント。見城の友人。二十八歳。

唐津　誠……毎朝日報社会部記者。見城の友人。四十二歳。

露木芽衣子……フリーの秘書を名乗り、調査を撹乱する謎の美女。

盗聴

強請屋稼業

プロローグ

小石が撥ねた。

囚人護送車の揺れが激しい。道は一段と悪くなっていた。

五人の若い女囚を乗せた灰色の改造バスは、山の中の狭い道を走行中だ。

栃木県上都賀郡（現・鹿沼市）の山間部だった。一九九六年四月上旬のある深夜だ。

付近に民家は一軒もない。ヘッドライトの光が、漆黒の闇を切り裂いていく。

護送車のエンジン音は山の静寂を突き破りつづけた。

女囚たちは四時間ほど前まで、東京・八王子にある医療刑務所にいた。五人は内臓疾患や薬物中毒の治療を受け、元の女子刑務所に移送される途中だった。

囚人護送車には、三人の看守と警護の制服警官がひとりだけ乗り込んでいた。

護送車を運転しているのは最も若い男性看守だった。助手席には、制服警官が坐っていた。

運転席と後部の囚人席は厚い鉄板で仕切られている。仕切り板のほぼ中央に、矩形の監視窓があった。

助手席の警察官は数分ごとに上体を捻って、後部の囚人室に視線を向けた。

いまのところ、不穏な動きはうかがえない。五人の女囚は左側のベンチシートに横に並び、一様にうなだれている。

全員、私服だった。女囚たちの足許には、ビニールの手提げ袋などが置かれている。私物だ。履物は、揃ってピンクのサンダルだった。

靴を履かせないのは、逃亡時に走りにくくするためだ。五人の女囚はそれぞれ前手錠を打たれ、捕縄で連結させられていた。

捕縄の端を自分の手首にしっかと巻きつけているのは、四十年配の痩せた女看守だった。

狐顔で、目が細い。紺色の制服をまとっている。制帽も同色だ。

女囚たちと向き合う位置に、護送責任者の副看守長が腰かけていた。

五十歳近かった。ずんぐりとした体軀で、どことなく脂ぎっている。

刑務所や拘置所の職員である看守の階級は、上から矯正監、矯正長、矯正副長、看守長、副看守長、看守部長、主任看守、看守の八つに分かれている。いわゆる職階だ。

副看守長の職階は警察の警部補に相当する。下級職員と違って、紺色の制服の胸章は金色だ。

ただし、上級職員のように肩章や腕章に金線は入っていない。サラリーマン社会で言えば、中間管理職ということになるだろう。

責任者の男はＳ＆Ｗ（スミスウエッソン）の三十八口径リボルバーと伸縮自在の金属棒を腰に下げ、開いた股（また）の間に催涙ガス銃を凭（もた）せかけていた。

銃床が下だった。安全装置は外されていない。

囚人護送車が大きくバウンドしたとき、女囚のひとりが急に下腹に手を当てた。真杉知佐子（ますぎちさこ）という名だった。二十七歳で、色白の美人である。だが、知佐子は殺人囚だった。口論の末に、同棲（どうせい）中の男を刺殺してしまったのだ。

「真杉、どうしたの？」

女看守が声をかけた。

「漏（も）れそうなんです」

「えっ、おしっこ？」

「はい」

「あと三十分そこそこで古巣に着くんだから、我慢しなさいよ」

「とても無理です。先生、簡易トイレを貸してください」

知佐子は小声で訴えた。囚人たちは、看守を先生と呼ばされていた。うっかり看守の名を呼んだりすると、睨み返される。

四十絡みの女看守が露骨に顔をしかめ、大儀そうに腰を浮かせた。座席の下から白いプラスチック製のおまるを取り出し、知佐子の捕縄を解いた。手錠は、そのままだった。

「おまえら、目をつぶっててやれよ」

責任者の副看守長が、四人の女囚に言った。女囚たちは相前後して瞼を閉じた。

知佐子はよろよろと歩き、簡易便器を跨いだ。すでに女看守の手によって、蓋は取り除かれていた。

「先生、ちょっと手伝っていただけますか？」

知佐子は、痩せた女看守に声をかけた。

女看守が無言で、知佐子の茶色いスラックスと水色のパンティーを無造作に膝のあたりまで下げる。白桃のような尻が露になった。責任者の男が粘っこい目を知佐子に向けた。

「早く用を足しなさい」

「は、はい」

知佐子は女看守に急かされ、さらに尻を落とした。だが、放尿はされなかった。

「どうしたのよ？」

「すみません。男の先生がそばにいると思うと、どうしても出ないんです」

「わたしが衝立になってあげるから、早く済ませなさい」

女看守がそう言いながら、知佐子の背後に回り込んだ。しかし、それでも知佐子の小水は迸らない。

「やっぱり、駄目です。先生、車をちょっと停めてもらえませんか。あたし、外の暗がりで用を足してきます」

「そんなことは認められないわ。こういう場合は、護送車の中で簡易トイレを使う規則になってるのだから」

「あたし、逃げたりしません。だから、特別に……」

知佐子は尻をもぞもぞさせながら、切迫した声で哀願した。

「どうしましょう？」

女看守が困惑顔で、上司の副看守長に指示を仰いだ。

「本来は許されることじゃないんだが、今回だけ大目に見てやるか」

「よろしいんですか」

「仕方ないだろう」

責任者の男は応じて、大声で運転者に停止を命じた。囚人護送車が道端に寄り、ゆっくりと停まった。女看守が両開きの鉄扉の片側だけを押し開けた。

そのとき、責任者が女看守に言った。

「きみは、ここに残ってくれ。わたしが真杉に従いていく」

「副看守長、それでは出るものも出なくなるのではありませんか」

「しかし、女のきみには荷が重すぎる。万が一、真杉に逃亡されたら、わたしが責任を取らされることになるわけだからな」

「それは、そうでしょうが……」

女看守は言い澱んだ。強く反論できなかったのだろう。

責任者の男が勢いよくベンチシートから立ち上がり、催涙ガス銃を女看守に渡した。

「あたし、困ります」

知佐子は副看守長に言った。

「何が困るんだ?」

「男の先生に見られてたら、きっと出ないと思います」

「離れた場所にいてやるよ」

副看守長は知佐子のパンティーとスラックスを引っ張り上げると、彼女を車の外に押し出した。

あたりの山林は、影絵のように黒々としている。どこかで、コノハズクが低く鳴いた。その鳴き声は仏法僧と聞こえた。

知佐子は近くの繁みの中に足を踏み入れた。副看守長が知佐子のスラックスとパンティーを膝まで引き下げ、彼女を屈ませた。

「先生、離れて！　遠くに行ってください」

「こんなに暗けりゃ、大事なとこは見えやしないよ」

「音を聞かれるのも恥ずかしいんです」

「さんざん覚醒剤をやって、ヒモの心臓を刺身庖丁でひと突きにした女が小娘みたいなことを言うなよ。小便の音ぐらい、どうってことないじゃないか」

「先生、お願いだから、もっと遠くに行ってください。もうじき漏れちゃう」

知佐子は叫ぶように言った。

副看守長は、しぶしぶ知佐子から遠ざかった。歩いているうちに、急に淫らな気分が募った。

知佐子の放尿する姿を間近で見たくなったのだ。場合によっては、知佐子の下半身に懐中電灯の光を当てるつもりだった。

副看守長は灌木を大きく回り込み、知佐子と向かい合う位置にうずくまった。

五メートルも離れていない。責任者は口に生唾を溜め、懐中電灯を握りしめた。息を殺して、じっと待つ。

知佐子は闇を透かして見た。

動く人影は見当たらない。実は、尿意を訴えたのは芝居だった。三日前に医療刑務所に面会に訪れた初対面の男が、移送中に自分たち五人を脱走させてくれると約束してくれたのだ。

知佐子は最初っから男の話を信じたわけではなかった。

適当にあしらっていると、男は囁き声で警察に恨みがあることを明かした。さらに相手は立会いの看守の目を盗んで、自分の掌をこっそり見せた。

そこには、移送の日時やルートがはっきりと記されていた。救出場所や護送車を停止させる方法も細かく書いてあった。

知佐子はそれを見て、脱走する気になったわけだ。四人の女囚仲間は、二つ返事で話に乗ってきた。

しかし、指定された場所に誰かが待ち受けている様子はうかがえない。

男の話は、でたらめだったのか。担(かつ)がれたのかもしれない。

知佐子は自分が愚かなことをしているような気がしてきた。思わず自嘲(じちょう)した。夜気(やき)に触(ふ)れた下腹部が少しずつ冷たくなってきた。

一方、副看守長は焦(じ)れはじめていた。

どうしたことか、知佐子はなかなか放尿しない。闇を白く染めた知佐子の内腿(うちもも)は何とも妖(あや)しかった。部下たちがいなければ、女囚を犯す気になったかもしれない。

副看守長は四つん這(ば)いになって、そっと知佐子に近づいた。

二メートルほど進んだとき、後ろで草を踏みしだく音がかすかに響いた。副看守長はぎょっとして、振り返りかけた。

その瞬間、首の後ろに冷たい金属を押し当てられた。銃口だった。感触で、すぐにわかった。

「手錠の鍵(かぎ)を出せ！」

背後で、男の低い声がした。

「何者だっ」

「言われた通りにしないと、すぐに脳天をぶち抜くぞ」

「やめろ！　手錠の鍵は部下が持ってるんだ」

副看守長は答えながら、急いで腰を探った。ホルスターのホックを外したとき、後ろの男に右手首を蹴られた。

呻いている隙に、Ｓ＆Ｗのリボルバーを抜き取られてしまった。シリンダーには、五発の実包を装塡してあった。すぐに撃鉄を搔き起こす音が耳に届いた。

「女囚の誰かの仲間なんだな？」

「さあね」

男が言いざま、輪胴型拳銃の引き金を絞った。

副看守長は重い銃声を耳にした瞬間、後頭部を撃ち抜かれた。地べたに倒れ込む前に絶命していた。

知佐子は銃声に驚き、反射的に立ち上がった。

手錠を掛けられた両手で、パンティーとスラックスの前を引っ張り上げる。ヒップは隠しきれなかった。立ち竦んでいると、闇の奥から上背のある男が走ってきた。右手にＳ＆Ｗのリボルバー、左手に黒い自動拳銃を握っていた。アメリカ製のデトニクスだった。

三日前に八王子の医療刑務所に現れた男だった。三十三、四歳だろうか。陰気な容貌で、話す声も暗い。

やくざ者ではなさそうだ。だが、素っ堅気にも見えなかった。

「約束通りに迎えに来たぜ」

「誰なの、あんた？」

知佐子は訊いた。

「あんたたちの味方さ」

「なぜ、あたしたちを脱走させてくれるのよ？」

「あんたたち五人に協力してもらいたいことがあるんだ」

「何をさせる気なの？」

「そいつは後で話すよ。ひとまず逃げよう」

背の高い男がそう言い、デトニクスをベルトの下に差し込んだ。

その直後、囚人護送車のあたりで数発の銃声が轟いた。怒声と複数の悲鳴も聞こえた。

知佐子は、長身の男の顔を見上げた。

「なんの騒ぎなの？」

「おれの仲間が看守やお巡りを始末したのさ。さ、急ぐんだ」

男が知佐子の片腕を摑んだ。

知佐子は男と一緒に未舗装の林道に下り降りた。そこには、拳銃や散弾銃を手にした三人の男がいた。男たちは黒いマフラーで、顔半分を隠していた。四人とも手錠は嵌めていない。たなびく硝煙の向こうに、四人の女囚が固まっていた。

囚人護送車の真後ろに、女看守が倒れていた。俯せだった。頭の半分がなかった。銃弾で吹き飛ばされたのだ。護送車の鉄の扉に、血の塊と肉片がへばりついている。

制服警官とドライバーの看守は、道のそばの繁みに転がっていた。二人とも微動だにしない。もう死んでいるようだ。

「応答せよ、応答せよ」

囚人護送車の無線機から、必死にコールする声が流れてきた。その声には、苛立ちと焦りが籠っていた。

「引き揚げよう」

リーダー格の背の高い男が、仲間の三人に目配せした。

男たちに促され、五人の女囚は一斉に走りだした。林道を少し逆戻りすると、繁みの中に二台のワゴン車が隠されていた。

知佐子たち五人は二台の車に分乗させられた。男たちも二人ずつに分かれた。

二台のワゴン車はループ状の林道をたどり、鹿沼市の中心部に向かった。一時間近く山の中を走り、やがて古びた洋館の車寄せに横づけされた。

周囲は、うっそうとした林だった。

知佐子たち五人は男たちに車から引きずり出され、蔦の葉の這う二階建ての館の中に連れ込まれた。かなり大きな建物だった。ただ、家具や調度品はうっすらと埃を被っている。

誰かの別荘なのか。

女囚たちは一階の奥にある広い浴室に導かれ、全身を丁寧に洗わされた。知佐子たちが反抗的な態度をとると、四人の男は銃器をちらつかせた。

五人の女囚は誰も逆らえなくなった。

浴室を出ると、知佐子たちは紅茶とショートケーキを与えられた。なぜだか衣服をまとうことは許されなかった。五人の女囚は全裸のまま、地下室に連れていかれた。

刑務所の保護房に酷似した小部屋が、ずらりと並んでいた。女囚は、ひとりずつ別々の檻に入れられた。

六畳ほどの広さだった。ダブルサイズのハードマットレスがコンクリートの床に直に敷かれている。照明は明るかった。

出入口の鉄扉に小さな覗き窓があるだけで、三方はコンクリートの厚い壁だった。内側には、なぜか金網が張られている。

「あたしたちをどうするつもりなのよっ」

一〇三号室に閉じ込められた知佐子は、怒りを込めて大声で喚いた。

しかし、四人の男は黙したまま遠ざかっていった。五人の女囚は、ひとしきり鉄の扉を叩いた。だが、誰も戻ってこなかった。鉄扉は外側からロックされていた。

「ちぇっ、何が脱走させてやるだよ。これじゃ、刑務所と同じじゃないか。冗談じゃないよ」

知佐子は不貞腐れて、マットレスの上に大の字に寝そべった。

天井の隅に何か光るものが見えた。レンズだった。監視カメラが設置されているのだろう。知佐子は熟れた乳房と股間を手で覆った。それから彼女は横向きになって、裸身を丸めた。

十分ほど経過したころ、廊下に五つの足音がした。

ほどなく堅牢な扉が開けられ、知佐子のいる檻に三十歳前後の細身の男が入ってきた。

その男は大きな木箱を両手で抱えていた。

箱の中には、刑務所で戒具と呼ばれている革手錠、防声具、コルセット型の鎮静具などが入っていた。

「あんた、何する気なのよ!?」

知佐子は跳ね起きた。

縞柄のワイシャツを着た男は薄気味悪く笑ったきりで、木箱を床に置いた。その目は、半ば焦点を失っていた。何か薬物を服用しているにちがいない。覚醒剤やコカインではなさそうだ。

「いまから、おまえはおれのペットになるんだ。いいなっ」

男が舌嘗りし、木箱から牛刀を取り出した。

刃渡りは四十センチ近かった。刃も厚い。箱の中には、雑多な拷問具が入っていた。

「おい、女！　ひざまずいて、おれのシンボルをくわえろ」

「冗談じゃないわ」

知佐子は憤然と言った。

男が顔を引き攣らせ、いきなり牛刀を一閃させた。刃風が重かった。男の表情には、殺気が漲っている。単なる威嚇ではないだろう。

知佐子は怯えに取り憑かれた。悲鳴を放ちながら、鉄扉に走る。男が行く手を阻み、牛刀を水平に泳がせた。空気が鳴った。

知佐子は跳びのいた。

男が口許を歪める。狂気を孕んだ笑みだった。

知佐子は粟立った。右に、左に逃げた。男は牛刀を振り回しながら、執拗に追ってくる。檻の中を逃げ回っているうちに、知佐子は壁のフェンスに触れた。

そのとたん、全身に強烈な痺れと熱さが走った。金網には、高圧電流が通っていたのだ。

知佐子は唸り声を発しながら、ハードマットレスの上に転がった。皮膚のあちこちが火脹れになっていた。すかさず男が走り寄ってきて、牛刀を知佐子の股ぐらに押し当てた。刃は少し亀裂に埋まっていた。

「言うことを聞かないと、すぐに股を切り裂くぞ」

「そんなこと、やめて！　あんたのペットになるわよ」

知佐子は肘で半身を起こし、男の暗緑色のスラックスのファスナーに手を掛けた。半立ちの陰茎を摑み出し、仕方なく彼女はくわえた。

しかし、恐怖心で舌が思うように動かない。歯の根も合わなかった。わなわなと震える歯が、亀頭に当たってしまった。

「お、おまえ、ペットのくせに！」

男が急に腰を引き、知佐子の顔面を靴の先で蹴った。

蹴られたのは鼻柱の上部だった。知佐子は一瞬、目が霞んだ。息も詰まった。体を縮めながら、激痛に耐える。鼻血が滴りはじめた。知佐子の口許は、瞬く間に赤く染まった。

それが長い拷問の序曲だった。

知佐子は男に革手錠と防声具をかけられ、責め具で女体を嬲られつづけた。指の爪を三枚も剝がされ、乳房に画鋲や虫ピンを突き立てられた。

はざまの肉や襞は、竹べらでつつかれた。陰核はペンチで何度も挟まれた。膣の中にはワインの壜を突っ込まれた。

それだけではなかった。

知佐子は西洋剃刀で両方の耳朶を削ぎ落とされ、脇腹や腿に五寸釘を打ち込まれた。気絶しかけるたびに、顔面や恥丘に溶けた熱いろうを垂らされた。

男は血塗れの知佐子を猛ったペニスで貫きながら、際限なく責めまくった。いつしか知佐子は意識を失っていた。それでも男は、歪な遊戯をやめようとしなかった。

別の檻では、ほかの女囚たちが同じような扱いを受けていた。

早くも鋭利な刃物で両手の指をことごとく切断されてしまった女もいた。二つの乳首を刎ねられ、尻の肉を削がれた者もいた。

ここは、秘密快楽殺人クラブだった。

ゲストの男たちは幻覚剤入りのシャンパンを大量に飲まされ、アメリカ製の猟奇殺人実写ビデオを何時間も観せられていた。おぞましい残酷なビデオを長いこと眺めていると、次第に嫌悪感や衝撃が薄れてくる。そのうち、どこからか、快楽殺人をけしかけるエンドレステープが流れてきた。

人間には、タブーに挑みたいという暗い情熱が深層心理の底に横たわっている。

秘密快楽殺人クラブに誘い込まれたゲストたちは巧みにマインドコントロールされ、もはや理性の欠片も持ち合わせていなかった。クラブの従業員と称する四人の男たちに拷問具の詰まった木箱を渡されたとき、彼らは子供のように従順になっていた。

ゲストの五人は、革新政党の党首、労働者団体の委員長、反体制派の大学教授、毒舌で知られた社会評論家などの息子や孫だった。

知佐子を責めさいなんでいるのは、労働者団体のリーダーの長男である。ごく平凡なサラリーマンだ。しかし、男は妻子持ちながら、職場の独身OLと不倫の関係をつづけていた。

彼は正体不明の脅迫者に女性関係の弱みを握られ、この洋館に連れ込まれたのだ。ほかのゲストも似たような手口で、ここに誘い込まれた。

男たちに接触した四人組は洋館の一室でスコッチ・ウイスキーを呷りながら、モニターを観ていた。画面には、五人のゲストの残虐な行為が映し出されていた。それらの残虐行為は、それぞれ録画中だった。四人組は、ダビングテープを悪用する気でいた。

快楽殺人遊戯の最初の犠牲者は一〇五号室の女囚だった。

その彼女は頑なにアナル・セックスを拒み、大学教授の次男に電動メスで胸から性器まで垂直に裂かれてしまった。まだ二十二歳だった。

二番目に命を奪われたのは一〇三号室の知佐子だ。

知佐子はパートナーの精液を口から吐き出し、相手を逆上させた。殺された理由は、たったそれだけだった。

残りの女囚も相前後して惨殺された。

最後に残された女性は両手首を手斧で切り落とされ、性器を深く抉られてしまった。しかも、その一部はパートナーに喰われた。

「五人の女たちの死体をできるだけ小さく切断して、いつものようにミート・チョッパーに放り込め！」

長身の男が、手下の三人に命令した。

するとと、配下のひとりが確かめた。

「また、例の養豚場に忍び込んで、餌箱(えさばこ)に人間の生肉を投げ込むんですね」

「そうだ。ゲストの五人は、車で東京に送り届けてやれ」

「わかりました」

配下の三人が部屋を出ていった。

上背のあるリーダーは、五台のモニターの電源を切った。同時に、連動しているビデオデッキのダビングテープが停止した。

翌日、囚人護送車が何者かに襲撃された事件はマスコミで派手に取り上げられた。

射殺された三人の看守と警察官については詳報がもたらされたが、消えた五人の女囚に関する情報はほとんど伝えられなかった。

数日後の午後、栃木県警は所轄署に捜査本部を設けた。初動捜査には延べ二百数十人の捜査員が投入されたが、杳(よう)として女囚たちの行方はわからない。

第一章　女囚たちの脱走

1

嗚咽が高まった。

依頼人の若い女は両手で顔を覆って、泣きむせんでいた。震える肩が痛々しい。

二十三歳のOLだった。商事会社の販売促進部で働いているらしかった。

見城豪は、わざと声をかけなかった。

下手に慰めたりしたら、かえって涙を誘うことになる。見城は、そっと卓上の証拠写真を掻き集めた。浮気の現場写真だった。

印画紙の中には、依頼人の三年越しの恋人が別の女性と高級ラブホテルから出てくる姿が写っている。プリントは約三十葉あった。どれも見城が隠し撮りした写真だった。

「彼と写真の女は、どれくらいの仲だったの？」

依頼人が涙声で訊いた。手で顔面を隠したままだった。

「約半年ですね」

「そんなに前から……」

「この男とは別れたほうがいいな」

見城はくだけた口調で言って、ロングピースに火を点けた。

ＪＲ渋谷駅のそばの桜丘町にある自宅兼事務所だった。賃貸マンションの１ＬＤＫだ。塒も兼ねていた。八階の一室である。

見城は私立探偵だ。三十六歳で、まだ独身だった。元刑事である。

オフィスのドアには『東京リサーチ・サービス』という大層な社名を掲げてあるが、それは営業上のはったりに過ぎない。調査員はおろか、電話番の女子事務員も雇っていなかった。文字通りの一匹狼だった。

「なぜ、別れろだなんて言うの？」

依頼人が急に顔を上げた。涙でマスカラが溶け、目の周りが黒く汚れている。十人並の容貌だった。

「きみの彼氏は写真の女と先月、婚約してるんだよ」

「嘘でしょ!?」

「残念ながら、事実なんだ。相手の女は、きみの彼氏の会社の取引先の重役のひとり娘なんだ。よくある裏切りのパターンだな」

「ひどいわ。わたし、絶対に赦せないっ」

「確かに腹立たしいよな」

「わたし、彼の子を二回も堕ろしてるのよ。もう少し経済力がついたら、必ずわたしと結婚してくれると言ってたのに」

「悔しい気持ちはわかるが、この男のことは忘れたほうがいいな」

「好きなのよ、まだ彼のことが」

「辛いだろうが、この際、諦めるんだね」

見城は真顔で助言し、煙草の灰をはたき落とした。

「このまま身をひくなんて、惨めすぎるわ」

「しかし、彼氏の気持ちはもう新しい女に移ってるんだ」

「ねえ、誰かヤーさんを知らない?」

依頼人が唐突に問いかけてきた。

「何を考えてる?」

「誰かに写真の女の顔を剃刀でめった斬りにしてもらいたいのよ。剃刀の傷はきれいには縫合できないって話だから、そうなれば、彼も写真の女と結婚する気にはならないと思うの」

「そんなことをしたら、もっと自分が惨めになるんじゃないのか」

「あら、どうして？」

「覆水盆に返らずって諺があるように、いったん離れた男女の気持ちは元通りにはならないもんさ」

「わたし、負けたくないのよ。このままじゃ、癪だわ。だから、誰かヤーさんを紹介してよ。あなたに、ちゃんと十万円の謝礼を払うから」

「そういう相談には乗れないな。こう見えても、おれは六年前まで刑事をやってたんだよ」

見城は苦く笑って、短くなった煙草の火を灰皿の中で揉み消した。

「冗談でしょ？」

「いや、事実だよ」

「だったら、無理ね。ほかの誰かに当たってみるわ」

「くどいようだが、つまらないことは考えないほうがいいって」

「あなたには、もう関係のないことでしょ。それより、調査費の請求書を出してよ」

依頼人が強張(こわば)った表情で言った。

見城は、予め(あらかじ)用意してあった請求書を黙って差し出した。着手金込みで、およそ三十万円だった。調査には、実質三日しかかからなかった。調査報告書をパソコンで打ったのは、きょうの午前中だった。それも一時間弱で済んだ。楽な仕事だった。

依頼人は職業別電話帳の広告を見て訪れた飛び込み客だ。調査費用をもっと吹っかけることもできなくはなかった。しかし、相場を無視すると、たちまち信用を失ってしまう。

都内には五百数十社の調査会社があるが、その約六割は見城と同じように固定客を持っていない。零細業者が客の信頼を得られなくなったら、すぐに廃業に追い込まれることになるだろう。

元刑事の見城は、気ままな探偵稼業が気に入っていた。収入は不安定だったが、それでも月に五、六十万円の実入り(みい)はあった。

それに、私立探偵は表稼業に過ぎなかった。

見城の素顔は凄腕(すごうで)の強請屋(ゆすりや)だった。男女の素行調査を手がけていると、時たまビッグ・スキャンダルにぶつかることがある。

そのつど、見城は救いようのない悪人どもから巨額を脅し取っていた。極悪人の愛人たちを寝盗ることもあった。

といっても、見城は薄汚いごろつきではない。

善良な市民を脅迫するような真似はしなかった。性根の腐った卑劣漢だけを締め上げていた。だからといって、別に義賊を気取っているわけではない。奪った金を貧しい人々に分け与えるというような偽善的な行為は一度もしたことがなかった。

見城は、権力や財力を持つ傲慢な人間を痛めつけることに生理的な快感を覚える。威張り腐った権力者の自尊心や誇りを踏みにじるときの勝利感は、たとえようもなく快い。実際、深いカタルシスを得られる。

むろん、金銭欲もあった。

金はいくらあっても、邪魔にはならない。しかし、見城は物欲に取り憑かれているわけではなかった。現にほかにも副収入があった。

女に目のない見城は、情事代行人も務めている。夫や恋人に浮気された不幸な女依頼人たちをベッドでとことん慰め、一晩十万円の報酬を貰っていた。

これまでに七十人以上の女たちの相手をしてきたが、一度もクレームをつけられたことはない。見城は高度なフィンガーテクニックとオーラル・セックスを駆使し、パートナーを最低三度は極みに押し上げてやるからだ。そのサイドビジネスでも月に五十万円あまり稼いでいた。その気になれば、情事代行だけでも生計が立つだろう。

甘いマスクの見城は、もともと女に言い寄られるタイプだった。

切れ長の目は涼しく、鼻筋も通っていた。唇は引き締まっている。一見、歌舞伎役者のような面差しだ。

優男に見られがちだが、性格はきわめて男っぽい。

腕っぷしも強かった。実戦空手三段、剣道二段だった。柔道の心得もあった。

百七十八センチの体は筋肉質で、贅肉はまったく付いていない。体重は七十六キロだ。

シルエットはすっきりとしている。

「こんなことになるんだったら、彼の素行調査なんか頼むんじゃなかったわ」

依頼人のＯＬがぼやきながら、ハンドバッグから銀行名の入った白い封筒を取り出した。

見城は調査報告書と写真の束を書類袋に収め、領収証を用意した。依頼人が調査費用を払い、リビングソファから立ち上がった。

見城も長椅子から腰を浮かせた。

ＬＤＫは十五畳のスペースだった。リビングルームとダイニングキッチンは、オフホワイトのアコーディオン・カーテンで仕切ってあった。依頼人たちに生活臭を感じさせないための工夫だった。

居間の中央にはソファセットがあり、ベランダ側にはスチールのデスク、キャビネット、資料棚、パソコンなどが並んでいる。机の上にある固定電話はホームテレフォンの親機だ。子機は奥の寝室にあった。

「いやな仕事ね」

「え？」

「探偵って、他人の不幸の種をほじくり出してるんだから、賤しい職業だわ」

依頼人が厭味を言って、玄関ホールに向かった。

見城は少し不快な気持ちになったが、まともに取り合わなかった。依頼人がドアを荒々しく開け、部屋を出ていく。

見城は左目を眇め、玄関ドアの内錠を掛けた。他者に反感を覚えたり、侮蔑するときの癖だった。

寝室には、恋人の帆足里沙がいた。ベッドの中で睦み合いはじめたとき、さきほどの依頼人が訪れたのである。

何気なく足許を見ると、片方の黒い靴下は裏返しに穿いていた。

どうせ脱ぐことになる。このままでいいだろう。見城は寝室に急いだ。

里沙はベッドに横たわり、液晶マイクロテレビを観(み)ていた。十日ほど前に見城が面白半分に買った超小型テレビだった。

音声は流れてこない。里沙はイヤフォンを使っていた。彼女は胸まで毛布を引き上げていた。素肌は肩しか見えなかった。

「待たせて悪かったな」

見城はベッドの横に立ち、カシミヤの黒い上着を脱いだ。里沙がマイクロテレビのスイッチを切り、耳からイヤフォンを外した。

「依頼人、帰ったのね？」

「ああ。そのマイクロテレビ、気に入ったらしいな。欲しけりゃ、やるよ」

「ううん、いいわ。退屈しのぎに、ちょっと観てみる気になっただけだから」

「何を観てたんだい？」

「ちょっとニュースをね。ほら、四日前の深夜に女囚護送車が襲われた事件があったでしょ？」

「憶(おぼ)えてるよ。五人の女囚がどこかで取っ捕(つか)まったのか？」

「ううん、そうじゃないの。いなくなった五人は、いまも見つかってないそうよ。山の奥にでも逃げ込んで、穴の中にでも潜んでるのかしら？」

「新聞によると、付近の山狩りはしたって書かれてた」

「その記事、わたしも読んだわ。なんだか奇妙な事件よね」

「そうだな。しかし、いまのおれには関心がない。興味があるのは、こっちなんだ」

見城は言うなり、青い毛布を里沙の体から引き剝がした。

里沙が嬌声を洩らした。素っ裸だった。艶やかな黒い飾り毛が、肌の白さを際立たせている。典型的な餅肌だった。

百六十四センチの体は、みごとなまでに均斉がとれている。

砲弾型の乳房はたわわに実り、ウエストのくびれが深い。腰は美しい曲線を描き、形のいい脚はすんなりと長かった。

見城は肉感的な肢体を眺めながら、手早く衣服をかなぐり捨てた。ボクサーショーツ型のトランクスやソックスも脱ぐ。

「続きをやる時間、あるかなあ」

里沙が焦らすように言い、ナイトテーブルの上に置いた自分の腕時計に目をやった。

見城も覗き込んだ。午後四時半を回っていた。

二十五歳の里沙は、パーティー・コンパニオンだった。元テレビタレントだけあって、かなりの美貌だ。いまも擦(す)れ違う男たちを振り返らせている。

ふんわりとしたセミロングの髪が、レモン形の顔を柔らかく包んでいる。

奥二重の目は、少しきつい印象を与えるかもしれない。ほっそりとした鼻は高かった。ぽってりとした唇は、なんとも色っぽい。

二人が親密な関係になって、はや一年以上が過ぎている。

知り合ったのは、南青山にあるピアノバーだった。ひとりでグラスを傾けていた里沙は、居合わせた男たちに代わる代わるつきまとわれていた。

迷惑顔だった。見城は見ていられなくなった。とっさに彼は里沙の恋人になりすまし、酔った男たちを追い払ってやった。

それが縁(えん)で、二人は交際を重ねるようになったのだ。

見城は、美人で気立ての優しい里沙に惚(ほ)れていた。しかし、当分の間は彼女と所帯を持つ気はなかった。

女好きの見城は、ひとりの相手を愛し抜く自信がなかった。もっとたくさんの美女を口説(くど)きたかったし、情事代行の副業にも未練があった。

好都合なことに、里沙のほうも結婚という形態にはそれほど拘(こだわ)っていなかった。

二人は週に何度か会い、ベッドを共にしていた。里沙が見城の自宅マンションに来ることが多かったが、彼も月に一度は参宮橋にある彼女のマンションで朝を迎えていた。

「前戯の途中でインターフォンが鳴ったんだったな。どこまで進んでたっけ？」

「さあ、どこまでだったかしら？」

里沙が返事をはぐらかした。なかなか賢い答え方だ。具体的なことを言われたら、興醒めだっただろう。

「それじゃ、最初からやり直そう」

見城は笑顔で言い、里沙の唇を吸いつけた。

すでにルージュは落ちていた。里沙が舌を忍び込ませてきた。

二人はディープキスを繰り返した。見城は舌を絡ませながら、里沙の柔肌に指を滑らせはじめた。耳の後ろや項をソフトになぞり、肩口や鎖骨を優しく愛撫する。

胸の隆起をまさぐると、里沙は喉の奥で甘く呻いた。嫋々とした声だった。

見城は煽られた。指の間に尖った乳首を挟みつけ、乳房全体を揉む。

里沙が息を詰まらせ、切れ切れに喘いだ。見城は二つの乳房を愛でながら、舌の先で里沙の上顎の肉や歯茎を掃くように舐めた。どちらも、れっきとした性感帯だった。

いつものように里沙は、くすぐったそうに身を捩った。もちろん、くすぐったいだけではない。快感も覚えているのだろう。

見城は顔をずらし、里沙の耳朶を含んだ。舐め回し、軽く咬む。ついでに耳の中に熱い息を吹き込んだ。里沙が身を揉んで、なまめかしい吐息を零した。

見城は前戯にたっぷり時間をかけた。里沙はどの愛撫にも反応した。

見城は頃合を計って、襞の奥に中指を埋めた。内奥は大きく息づいていた。

膣の三分の二のあたりまで指を進め、天井を軽く押す。Gスポットだ。ひと押しごとに、その部分は盛り上がった。興奮の証だった。

見城は里沙の顔を見た。

形よく整えられた眉は切なげにたわみ、上瞼には濃い陰影が宿っていた。セクシーな唇は半開きだった。エクスタシーの前兆だ。

見城はサックス奏者のように五指を休みなく動かし、一気に里沙を高みに押し上げた。

里沙は裸身を震わせ、愉悦の声を轟かせた。淫らなスキャットは一分近く熄まなかった。

里沙の震えが凪ぐと、見城は濡れそぼった秘部に顔を寄せた。口唇愛撫に励む。

数分後、里沙はまたもや昇りつめた。

見城は添い寝をし、里沙を横抱きにした。彼女は失神寸前だった。間歇的に激しく身を震わせた。眼球も引っくり返りかけている。

見城は両腕に力を込めた。五分ほど過ぎると、里沙の呼吸音は小さくなった。

「ひと息入れるか？」

「いやよ。もったいないわ」

里沙が紗のかかった目で言い、敏捷に見城の股の間にうずくまった。

見城は、すぐにペニスを呑まれた。

腿を掃く髪の毛が快い。里沙が舌を熱心に閃かせはじめた。見城は目をつぶった。神経を研ぎ澄ませると、里沙の舌の動きがはっきりとわかった。彼女の舌は、さまざまに形を変えた。

見城は吸われ、弾かれた。体を繋ぎたくなったとき、急に里沙が上体を起こした。そのまま彼女は、騎乗位で見城を導き入れた。

見城は無数の襞に包まれた。

里沙の中心部は熱くぬかるんでいた。それでいて、密着感は強かった。どこにも隙間はない。

「わたし、また……」

里沙が譫言のように口走り、烈しく腰を旋回させた。

縦揺れと横揺れが交互に襲ってくる。見城は捏ねくり回され、捻り倒された。急激に体温が上昇した。しかし、見城は女の下で果てるのはあまり好きではなかった。

頭の中で数を数えて、気を逸らす。

十八まで数えたとき、不意に里沙の肩がすぼまった。四度目のクライマックスを極めると、彼女は見城の胸に倒れ込んできた。

見城は里沙を抱きとめ、すぐに体を反転させた。

結合は解けなかった。里沙を組み敷くと、見城はワイルドに動いた。

突き、捻り、また突く。深く分け入るたびに、里沙は甘美な呻きを響かせた。煽情的な声だった。

やがて、見城はゴールに達した。その瞬間、背筋が立った。心地よい痺れは脳天まで一気に駆け抜けた。

里沙を置きざりにすることになってしまった。見城は余力をふり絞って、恥骨でクリトリスを刺激しつづけた。少し経つと、里沙は五度目の高波に呑まれた。

ほとんど同時に、凄まじい締めつけが伝わってきた。

見城は、思わず長く呻いた。内奥のビートはリズミカルだった。二人は深い余韻を全身で汲み取ってから、静かに体を離した。

五分ほど休むと、里沙は浴室に向かった。

見城は煙草をくわえた。火を点けたとき、部屋のインターフォンが鳴った。見城は居留守を使うことにした。

だが、チャイムはいっこうに沈黙しない。

見城は舌打ちして、身を起こした。煙草の火を消し、トランクスを穿く。見城は素肌にガウンをまといながら、玄関に急いだ。

ドア・スコープを覗く。

来訪者は、刑事時代からの知り合いの若いコックだった。真杉豊という名だ。二十四、五歳のはずだ。見城はドアを細く開けた。

「お寝みだったんですか？」

「いや、シャワーを浴びてたんだよ。久しぶりだな」

「ええ。一年半ぶりだと思います」

「浮気調査の依頼かな？」

「そうじゃないんです。姉貴の行方を……」

「お姉さん？」

「ええ。四日前に栃木で囚人護送車が襲われた事件がありましたでしょ？」

「ああ。消えた五人の女囚の中に、きみの姉さんが入ってたのか!?」

「そうなんですよ。姉は知佐子っていうんですが、同棲してたヒモ野郎を刺し殺して刑務所に入れられてたんです」

真杉がそう言い、下を向いた。

「警察は、まだ五人を発見してないようだな」

「はい。警察よりも早く姉貴を見つけ出してもらいたいんです」

「どういうことなんだ？」

見城は訊ねた。

「姉貴を見つけ出して自首するよう説得してくれって、自殺を図った母に頼まれたんです。おふくろは姉貴が脱走したと思い込んで、発作的に剃刀で手首を切ったんですよ」

「で、おふくろさんは？」

「発見が早かったので、命に別状はありませんでした。きのう、退院しました」

「それはよかった」

「おふくろは姉貴がいっこうに改心してないと気に病んで、急に死にたくなったんだと思います」

「そうなのかもしれないな」

「見城さん、どうか力になってください。姉貴は殺人罪のほか、覚せい剤取締法違反の刑も加算されてるんです。さらに脱走で逮捕されるようなことになったら、刑期がもっと延びますよね？」

「脱走したとなれば、当然、そうなるだろうな」

「だから、早く姉貴を捜し出して、自首させたいんです。そうすれば、少しは罪が軽減されるでしょ？」

真杉が確かめるような口調で言った。

「ああ、それはな」

「うちの姉貴には腹が立ちますけど、やっぱり血の繋がりは無視できませんからね」

「だろうな」

「調査費用は、どんなにかかってもかまいません。なんとか力になってください」

「悪いが、三十分後にもう一度来てくれないか。いま、取り込み中なんだ」

見城は言った。

「引き受けていただけるんですね？」

「そいつは詳しい話を聞いてから、決めさせてくれないか。捜査中の事件に首を突っ込むと、いろいろ面倒なことが起こるんだよ」

「そうなんですか」

「とにかく、話は聞かせてもらうよ」

「わかりました。それじゃ、また後で伺(うかが)います」

真杉が一礼し、歩み去った。

死んださやかは、真杉豊を弟のようにかわいがっていた。見城は刑事時代に愛した女のことをふと思い出した。

二十八歳で自(みずか)ら命を絶(た)ってしまったさやかは、ある暴力団の組長夫人だった。当時、赤坂署の防犯（現・生活安全）課にいた見城は、夫のいる彼女と激しい恋におちた。妻の不倫に気づいた組長は日本刀を持ち出し、見城を力ずくで捩伏(ねじふ)せようとした。

見城は引き下がらなかった。

その結果、組長に大怪我を負わせることになってしまった。さやかの夫はやくざの面子(メンツ)から、最後まで被害事実を認めなかった。

そのおかげで見城は起訴されなかったが、職場には居づらくなった。依願退職する気持ちを固めた日、夫と見城の間で揺れ惑(まど)っていたさやかが人生にピリオドを打ってしまった。

見城は大きなショックを受けた。半月ほど酒浸(さけびた)りの日々を過ごし、正式に刑事をやめた。

すぐに知人の紹介で大手調査会社に再就職し、二年あまりで調査業務を完全にマスターした。そして、四年前に独立をしたのである。

さやかが生きていたら、どう言うだろうか。多分、真杉の力になってやってくれと頭を下げただろう。

見城はそう思いながら、浴室に足を向けた。

2

新聞の切り抜きは三枚だった。

見城はブラックコーヒーを啜ってから、スクラップした記事に目を通しはじめた。いずれも囚人護送車襲撃事件の記事だった。

自宅兼事務所の居間だ。

もう里沙の姿はない。彼女は五分ほど前に、今夜の仕事先である都心のホテルに向かった。

里沙が辞去すると、見城は無意識に数日分の新聞を漁っていた。さやかのこともあって、真杉豊の依頼を断れない気持ちになっているのか。

見城は三枚のスクラップ記事を丹念に読み、仕事用の手帳に五人の女囚の氏名と年齢を書き留めた。射殺された三人の看守と制服警官の名は記さなかった。

新聞記事によると、事件現場には襲撃犯の遺留品は何もなかったらしい。むろん、犯行を目撃した者もいなかった。

ただ、事件当夜、炭焼き小屋にいた初老の男が何発かの銃声を聞いている。おそらく襲撃犯は三、四人だったのだろう。それも、どうやら犯罪のプロたちのようだ。

見城は煙草に火を点けた。

ヘビースモーカーだ。一日に七、八十本は喫っている。

襲撃犯グループの犯行目的は、五人の女囚の奪回だったのか。それとも、狙いは三人の看守と警察官の殺害だったのだろうか。

どちらとも考えられる。

しかし、真杉知佐子たち五人の女囚がいまも逮捕されていないことを考えると、どうも前者臭い。そうだとすると、女囚の誰かが犯人グループを手引きした可能性が高い気がする。しかし、その女は移送の日時やルートを事前にどうやって探り出したのか。看守に色目でも使ったのかもしれない。

五人の女囚の中では、懲役九年の知佐子の刑が最も重い。ほかの四人は、すべて五年以下の刑だ。

となると、真杉豊の姉が犯人グループと接触していた可能性はある。知佐子の男関係を洗い出せば、隠れている場所がわかるかもしれない。

見城は煙草を深く喫いつけた。

そのとき、二台のホームテレフォンが鳴った。見城は喫いさしのロングピースの火を消し、長椅子から立ち上がった。机に歩み寄り、立ったまま親機の受話器を摑み上げる。

「おれだよ」

百面鬼竜一の声だった。

「極悪刑事か」

「ご挨拶だな。おれよか、見城ちゃんのほうがずっと悪党だろうよ」

「最近、おれは聖者みたいな暮らしをしてるんだ」

見城はジョークを言った。

「銭と女に目のない男が、似合わねえ冗談言うなって。そりゃそうと、誰か咬めそうな悪党はいねえの？」

「また、ビル持ちの未亡人に何かプレゼントしてやるなんて、見栄を張ったようだね」

「当たり！　だからさ、まとまった銭が欲しいんだよ。誰かの弱みを押さえて、二、三億寄せようや」

「現職がそういうこと言っていいのかな」

「いまさら、いい子ぶる気はねえよ」

百面鬼が自嘲気味に笑った。

四十歳の彼は、新宿署刑事課強行犯係の刑事である。職階は一応、警部補だ。

風体はやくざにしか見えない。剃髪頭で、いつも薄茶のサングラスをかけている。服装も派手だ。

百面鬼は練馬にある寺の跡継ぎ息子だが、仏心や道徳心はひと欠片もない。根っからの悪党である。

三年前まで防犯（現・生活安全）課にいたのだが、職務そっちのけで強請やたかりに明け暮れていた。暴力団や風俗店経営者たちの弱みを押さえて、金や女をたっぷり貢がせていたのである。押収した銃刀や麻薬は、地方の暴力団にこっそり売り捌いていた。

刑事課に移ると、警視庁本部の有資格者や所轄署の署長たちの不正や弱みをちらつかせて、口止め料をせしめるようになった。

法の番人である警察にも、さまざまな不正がはびこっている。

大物政治家や財界人に泣きつかれて、捜査に手心を加えることは決して珍しくない。

交通違反の揉み消しなどは日常茶飯事だ。

そんな事情があるから、悪徳警官や職員の素行調査を担当している警視庁警務部人事一課監察も百面鬼には手を出せなかった。

それをいいことに、鼻抓み者の極悪刑事は職場で好き放題に振る舞っていた。当然、署内では孤立していた。しかし、当の本人はいっこうに気にかけていなかった。

アクの強い百面鬼に、友人らしい友人はいなかった。しかし、なぜか悪党刑事は見城には気を許していた。

もう九年以上の腐れ縁だ。たまたま二人は、射撃でオリンピック出場選手の候補に選ばれた。どちらも予選で落ちてしまったが、それがきっかけで親しくなったのである。

「で、どうなんでぇ」

「何が？」

見城は問い返した。

「けっ、空とぼけやがって。どっかに丸々と太った獲物がいるんじゃねえのか？　早いとこ喰い残しを回してくれや」

「咬めそうな獲物は、どこにもいないんだ」

「とか言って、獲物を独り占めする気なんじゃねえのか。そんな汚えことすんなよな。

相棒とは言わねえけど、おれだって、見城ちゃんをいろいろ助けてやってんだからよ」

「悪いことばかり考えてないで、大年増の愛人と俳句の勉強でも始めたら？」

「その大年増って言い方が気に入らねえな。絹子は、おれより二つ上の四十二だぜ。女の平均寿命は八十三（現在、八十七）歳なんだ。大年増ってことはねえだろが」

「大年増云々はともかく、ビル持ちの未亡人は絹子って名だったのか」

「ああ、檜山絹子ってんだ。いい名前だろ？」

百面鬼が自慢げに言った。

「俵締めの女には、あまり似合った名前じゃないな」

「この野郎、殺すぞ。絹子が俵締めだってことは間違いねえが、そのへんの淫乱女とは違うんだ。しっとりとしたいい女なんだよ。慎み深くって、ちゃんと男を立ててくれるんだ」

「慎み深い女が変態の百さんのお相手が務まるかな」

見城は雑ぜ返した。

百面鬼には奇妙な性癖があった。パートナーの素肌に喪服を着せないと、欲情を催さない。しかも着物の裾を跳ね上げ、後背位で貫かなければ、決して射精しないという。

一種の変態だろう。百面鬼には離婚歴があった。新妻にアブノーマルな営みを強いて、たったの数カ月で実家に逃げ帰られてしまったのだ。もう十年以上も前の話である。

それ以来、百面鬼は生家で年老いた両親と暮らしている。もっとも女の家に泊まることが多く、親許にはめったに帰らない。

百面鬼には、五つ違いの弟がいる。東京地方裁判所の判事だ。兄とは対照的な堅物だった。

しかし、百面鬼の弟は寺の子に生まれながら、熱心なクリスチャンになってしまった。そうした面を見ると、兄と同様に変わり者なのかもしれない。

「絹子のことより、強請の獲物を早くめっけてくれや」

「ああ、そのうちね」

「今夜、『沙羅』に顔を出すか？」

百面鬼が訊いた。『沙羅』は、南青山三丁目にある馴染みの酒場だ。

「行けないかもしれないな。もうじき依頼人が来るんだよ」

「そうか。都合がついたら、店で会おうや。おれは七時過ぎには行ってらあ」

「今夜も、おれのキープしてるボトルを空にする気か」

「見城ちゃん、どうして不服そうな声を出すんだよ。おれは友達思いの人間だから、見城ちゃんの……」

「その先の台詞はわかってるよ。おれの肝臓を労ってくれてるんだろう？」

「そう！　四つも若い見城ちゃんを肝硬変か何かで先に仏にさせたくねえからな。へへへ」

「生臭坊主め。おれのバーボンを空にしてもいいけど、タグに自分の名前を大きく書くのはやめてほしいな」

「リッチマンがあんまり細かいことを言うなって。新しいバーボン、ブッカーズでいいだろう？」

「勝手にしてくれ」

「それじゃな」

「ちょっと待ってくれないか」

見城は、電話を切りかけた百面鬼に慌てて言った。

「里沙ちゃんをおれにひと晩貸してくれる気になったのか？　だったら、絹子を回してやってもいいぞ」

「百さんの頭ん中にゃ、銭と女のことしかないんだな」

「ばか言うねえ。おれだって、ふだんは世界の民族紛争を憂えながら、仏の道を究めようとしてらあ。見城ちゃんに合わせて、あえて話のレベルを下げてんだよ」

「よく言うな」

「はっはっは。で、なんの話だい？」

百面鬼の声に緊張が込められた。

「栃木県警の捜一に、誰か親しい奴はいる？」

「いや、いねえな」

「それじゃ、八王子の医療刑務所に知り合いは？」

「そっちなら、知り合いの刑務官がいらあ。何か事件絡みの調査の依頼を受けたんだな？」

「まだ引き受けたわけじゃないんだよ。しかし、引き受けることになりそうなんだ」

見城はそう前置きして、囚人護送車襲撃事件と真杉豊のことを話した。

「四日前のその事件のことは、おれもちょっと気になってたんだ。野郎が護送車から逃けた事案は過去に何件かあるが、女囚どもが脱走したのは初めてなんじゃねえか」

「ああ、そうだろうね。おれは女囚の誰かが、襲撃犯とつるんでると睨んでるんだ」

「そりゃ、間違いねえだろうな」

「そこで、百さんに五人の女囚に面会した人間の洗い出しを頼みたいんだ」

「報酬は？」

「刑務官に面会人名簿の写しを取ってもらうだけなんだから、三万でどう？」

「おい、おい。それじゃ、刑務官に袖の下も渡せねえぜ」

「どうせ百さんのことだから、その刑務官の弱みの一つや二つは握ってるんだろう？只で、コピーを取らせなよ」

「見城ちゃんもセコくなりやがったなあ。これまでに寄せた銭が何億もあるんだろ？出し惜しみするなって」

「寄せた銭は、そっくり大地震の被災地に匿名で寄附しちゃったんだ」

「喰えない男だぜ。いいよ、五万で手を打ってやらあ」

百面鬼が折れた。

「その五万だが、さんざんおれのバーボンを勝手に飲んだんだから、相殺ってことでどうだい？」

「わかってねえな、見城ちゃんは。冗談っぽく言ってるが、おれはマジでそっちの肝臓を労ってやりたくて、うまくもねえウイスキーを飲んでるんだぜ」

「百さん、急に大真面目になんないでよ。おれは、冗談のキャッチボールを愉しむつもりだったんだ」

「なんでえ、そうだったのか」

「謝礼は会ったときに渡すよ」

「そういうことなら、なるべく早く面会人のリストを手に入れらあ」

「百さん、五人の女囚の名前を教えるよ」

「おれは現職だぜ。そこまで素人扱いされたんじゃ、傷つくな」

「悪かった。おれは、つい百さんが現職だってことを忘れてたよ。いつ会っても、職務の話は出てこないからね」

「最近、性格悪くなったんじゃねえのか」

「お互いにね。それじゃ、よろしく！」

見城は電話を切った。

リビングソファに戻りかけると、部屋のインターフォンが鳴った。

来訪者は真杉豊だった。見城は真杉を請じ入れ、手早くコーヒーを淹れた。真杉は薄手のハイネックセーターの上に、三つボタンのカジュアルなジャケットを重ねていた。

「二度も足を運ばせて悪かったな」

見城はそう言い、真杉の正面に坐った。

「ぼくのほうこそ、無理なことをお願いしちゃって」

「いまも、赤坂のレストランで働いてるのか？」

「いいえ、いまは銀座のこの店にいます」

真杉が上着の内ポケットから、黒革の名刺入れを取り出した。渡された名刺には、一流のフランス料理店の名が入っていた。

「有名なフレンチレストランじゃないか」

「ええ。でも、ぼくは最も下っ端のコックなんです」

「辛抱して一流のシェフになれよ」

「はい、頑張ります」

「さっそくだが、姉さんのことをいろいろ教えてもらいたいんだ」

見城は脚（あし）を組んで、手帳を開いた。

真杉が姉の知佐子の略歴を喋（しゃべ）りはじめた。知佐子は埼玉県の大宮（現・さいたま）市で生まれ、高校を卒業後に都内の観光バス会社に就職したらしい。その会社は一年ほどで退社し、その後は化粧品会社の美容部員、エステティシャン、不動産会社の女子事務員と転々と職を変え、二十四歳のときに矢端進一（やはたしんいち）という男と同棲しはじめたという。

「その矢端という奴が、きみの姉さんに殺された男なんだね」

「そうです。姉貴より三つ年上の矢端はサラ金会社に勤めてたんですけど、半分やくざみたいな奴だったんですよ」

「お姉さんは、そいつに覚醒剤を？」

「ええ、そう言ってました。矢端は姉貴と知り合う前から、覚醒剤(シャブ)をやってたそうです。それで姉貴は、矢端に覚醒剤の味を覚えさせられたんですよ」

「そういうケースが多いんだ」

見城は言って、ロングピースをくわえた。

「姉貴が中毒になると、矢端は自分で麻薬代を稼げと言って、姉をソープランドで働かせるようになったんです。それで自分は仕事をやめて、姉貴のヒモに……」

「そんなことで、お姉さんはついにキレちまったわけか」

「はい。姉貴のやったことはよくないことですけど、矢端って男も救いようがない奴なんです。自分の麻薬代の代わりに、売人のチンピラに姉貴を抱いてもいいって言ったらしいんですよ。そのことで姉貴は矢端と大喧嘩(おおげんか)して、あの男を刺身庖丁(ぼうちょう)で刺してしまったんです。そして自分で一一〇番して、駆けつけた池袋署の署員に逮捕されたわけです」

「刑が決まって栃木の女子刑務所に入れられたのは？」

「はい、先月の中旬でした。でも、薬物のフラッシュバックでまともな作業ができないとかで、八王子の医療刑務所に移されたんです」

真杉が辛そうに語り、コーヒーカップを口に運んだ。

「きみは栃木や八王子に面会に行ったんだろう？」

「栃木には二回、八王子には一回行きました。おふくろと一緒にね」

「面会したとき、姉さんの様子はどうだったのかな。シャバに未練がありそうに見えた？」

「ええ、少し未練がありそうでしたね。矢端を殺したことでは反省してるようでしたけど、まだ二十代ですので」

「そうだよな。姉さんの交友関係のことを教えてもらいたいんだ」

「姉貴のプライベートなことは、あまりわからないんですよ。でも、池袋の自宅マンションに姉のアドレスノートがありました」

「それ、いま持ってる？」

見城は問いかけ、短くなった煙草を灰皿の底に捩りつけた。

真杉が赤いアドレスノートと数葉のスナップ写真をコーヒーテーブルの上に置いた。写真の中の知佐子は、照れ臭そうに笑っていた。やや化粧が濃いが、顔立ちは悪くなかった。

見城はアドレスノートを抓み上げ、ページを繰りはじめた。女性名が圧倒的に多い。

男の名は三人しか書かれていない。

「そこに載ってる女のほうは、姉貴の中・高校時代の友人や昔の職場の同僚たちでした。きのう、その方たち全員に電話をしたんですよ。姉貴が女友達のとこに潜んでるかもしれないと思ったものですから。でも、匿ってもらってる様子はありませんでした」

「そうか。三人の男の名前が載ってるが……」

「最初に載ってる男はバス会社時代の上司で、次の男は不動産会社の経営者でした。二人とも六十過ぎですから、ただの相談相手だったんでしょうね」

「三番目の小柴淳という男は、水商売関係らしいな」

「ええ、大塚にある『紫』ってスナックのマスターでした。姉貴とは、ちょっと親しい間柄のようでしたね。でも、姉からは何も連絡がないと言ってました」

「電話で喋ったときの印象は？」

「喋り方から推測すると、素っ堅気じゃなさそうでしたね」

「いくつぐらいだった？」

「三十代の後半ってところでしょうか」

「それじゃ、その小柴って男に会ってみよう」

「引き受けてもらえるんですね」

真杉が表情を明るませた。

「断ったりしたら、あの世にいるさやかが化けて出てきそうだからな」

「故人には、とてもよくしてもらいました。ぼくの横顔が小学生のときに交通事故で亡くなった弟さんに似てるとかで、何かと目をかけてくれたんです」

「そうみたいだな。その話は、故人から聞いたことがあるよ」

「ぼくは、見城さんとさやかさんが駆け落ちすることを願ってたんですが……」

「おれもそうする気だったんだが、彼女には彼女の美学があったんだろう」

「本当に残念です」

「昔話は、もうやめよう。おれも辛くなってくるんでな」

「あっ、すみません！　別に見城さんを責めるつもりなんか、少しも……」

「わかってるよ。姉さんの写真とアドレスノート、しばらく預からせてもらうぞ」

「はい、どうぞ。それで、着手金はどのくらいお払いすればいいのでしょう？」

「費用は後でいいんだ。うまく姉さんを見つけ出せたら、きみの勤め先か埼玉の自宅にすぐ電話するよ」

「よろしくお願いします」

「やれることはやるつもりだが、あまり期待されても困るんだ」

見城は言って、またロングピースに火を点けた。

真杉が小さくうなずいた。見城は今夜のうちに、調査に取りかかるつもりだった。

3

一瞬、たじろいだ。

探し当てた『紫』は、なんとゲイバーだった。カウンターの向こう側に、三十八、九歳の女装をした男がいた。背はそれほど高くないが、肩と胸は厚かった。

見城は右側のボックス席に目を向けた。

中性的な容姿の若い男が三人いた。店の従業員だろう。薄暗い店内には、レゲエが流れていた。いまは亡きボブ・マーリーのナンバーだ。

店はJR大塚駅から徒歩で数分の場所にあった。飲食店ビルの三階だった。ビルの前の反対側は、豊島区の東池袋二丁目だ。

見城は左手のカウンターに歩み寄った。

足を止めると、ママらしい男が先に口を開いた。

「ノンケが社会見学なんてのは迷惑なのよ。帰ってちょうだい」

「おれがノンケだって、どうしてわかる？」

「同類項の匂いがちっともしないし、ゲイの３Ｋを満たしてないもの」

「ゲイの３Ｋって？」

「黒いのＫ、刈り上げヘアのＫ、筋肉質のＫよ。あんたは筋肉質だけど、優男タイプだから、女専門なんでしょ？」

「女は嫌いじゃないね」

見城はにやついて、勝手に黒いスツールに腰かけた。背当てのパイプはゴールドだった。

「冷やかしなら、帰ってって言ったはずよ」

「あんたが、ここのマスターの小柴淳さんだね？」

「誰なのよ、おたくは」

女装の男が訝しみ、半歩退がった。骨太で、両腕の筋肉は盛り上がっていた。指も節くれだっている。

「しがない探偵だよ。マスターのことは、真杉知佐子の弟から聞いてきたんだ」

「あら、そうなの」

「小柴さんだね？」

「ええ、そうよ」

「ビールをもらおう、車なんだが」

見城はスエードジャケットの内ポケットから、煙草とライターを取り出した。ジャケットは茶色だった。その下には、黒の厚手の長袖シャツを着ていた。下はグリーングレイのチノクロスパンツだった。

小柴が黙ってカウンターにグラスを置き、ハイネケンを注いだ。見城は篭に盛られた胡桃を指さした。

小柴が意味ありげな笑みを浮かべ、二つの胡桃を右手に握り込んだ。次の瞬間、彼の掌の中で胡桃の殻が砕ける音がした。

「たいしたもんだ」

「はい、タマタマの成れの果て……」

「ユーモアがあるんだな」

見城は目で笑った。

「この商売、洒落っ気がなきゃ、やってられないわよ」

「そうだろうね」

「はい、ノンケの共喰い!」

　小柴がつまらなそうに言い、細かく砕けた胡桃の欠片をガラスの皿に落とした。

　見城はビールを半分ほど空(あ)け、ロングピースに火を点けた。

「ここに何を探(さぐ)りに来たのよ？」

「真杉知佐子のアドレスノートに、ここの住所と電話番号が載ってたんだ。知佐子の弟の話によると、マスターと知佐子はちょっと親しい感じだったというんだが……」

「悪いけど、マスターなんて呼ばないで。あたし、ママなんだからさ」

「そうだったな。それで、どうだったの？」

「チーコとは仲良かったわよ。あたしがオカマなんで、彼女も安心してつき合えると思ったんじゃない？」

「どのくらいのつき合いなのかな」

「かれこれ四年になるんじゃないかしら。この近くの屋台村で偶然に背中合わせに坐って、なんとなく意気投合しちゃったのよ」

　小柴は見城のグラスにビールを注(つ)ぎ足し、バージニア・スリムライトを武骨(ぶこつ)な指に挟んだ。

　見城はライターの火を差し出した。小柴が煙草に火を点け、小さく礼を言った。科(しな)は板についていた。

「念のために訊くんだが、知佐子とは性的な関係はなかったんでしょう？」

「当ったり前でしょ。あたしは十六のときから、男専門なのよ。女の体なんかグロテスクで臭いから、ヌードも見たくないわ」

「知佐子が四日前に栃木の山の中で囚人護送車から消えたことは知ってるよね？」

「おたく、あたしをばかにしてんのっ。オカマだって、テレビのニュースぐらい観るわよ」

「だろうね。知佐子の居所、知らないかな？」

見城は問いかけ、胡桃の欠片を口の中に放り込んだ。

「おたくまで、あたしがチーコを匿ってると疑ってるみたいね。チーコの弟も電話をしてきたときにそんなような口ぶりだったので、あたし、ちょっと男言葉で凄んでやったのよ」

「知佐子からは何も連絡がなかったのか」

「あるわけないでしょ。もし連絡があったら、チーコに自首するよう勧めてたわよ。まだ若いんだから、出所してからでも、充分にやり直しがきくもの」

小柴がそう言い、口の端から煙草の煙を細く吐き出した。

「確かに、その通りだな。知佐子の脱走に手を貸した人物に思い当たる奴は？」

「いないわ」

「死んだヒモの矢端進一に内緒で、知佐子がつき合ってたような男はいなかったんだろうか」

見城は言いながら、煙草の火を消した。

「チーコはお風呂(ソープランド)で働いてたけど、案外、身持ちは堅かったの。それにさ、一緒に暮らしてたヒモ野郎に完全に愛想を尽かしてたわけじゃなかったようだしね。刺しちゃったのは、きっと魔が差したのよ」

「そうなんだろうな」

「そうそう、チーコの新しいヒモになりたがってたチンピラはいたわね」

「どこのチンピラなのかな？」

「極友会(きょくゆう)岡田(おかだ)組の塚越譲司(つかごしじょうじ)って三下よ。トルエン売ったり、立ちんぼやってるコロンビアやタイ生まれの娼婦(しょうふ)から場所代(ショバだい)集めてるチンケな野郎なんだけど、チーコとくっつきたがってたの」

「岡田組の組事務所は、どのあたりにあるんだい？」

「駅前の明治屋、わかる？」

「ああ」

「その斜め裏あたりに本郷ビルって雑居ビルがあるの。そのビルの五階に、組事務所があるわよ」

小柴が説明した。

極友会は埼玉県の一部と都内の城西地区を縄張りにしているテキ屋系の暴力団だ。構成員は千数百人にのぼる。

「塚越って奴は、いくつぐらいなの?」

「まだ二十五、六よ。ひょろっとした奴で、眉間に刃物(ヤッパ)で斬られた痕(あと)があるわ。それから、目が細くて鋭いわね」

「そう」

「これから組事務所に行く気?」

「ああ」

「あんまり連中を刺激しないほうがいいわよ。あいつら、暴力団新法と不況のダブルパンチで何か苛(いら)ついてるからさ」

「そのへんは、うまくやるよ。これで、足りるかな」

見城はチノクロスパンツのポケットから一万円札を抓(つま)み出し、カウンターの上に置いた。

「充分よ。釣り銭代わりに、うちの若い子の誰かにくわえさせようか？　男の舌技も悪くないわよ。同性だから、ちゃんとポイントを知ってるしね」

「ノーサンキューだ」

「ノンケで一生終わったら、もったいないと思うけどな。なんだったら、あたしがこれしてやってもいいわよ」

小柴が白い苔に覆われた舌を長く出し、その先端を小刻みにバイブレートさせた。

見城は吐く真似をして、スツールから滑り降りた。小柴は屈託のない笑みを拡げていた。三人の若いゲイたちは、夢見るような表情で壁に飾られた黒人のボディービルダーのパネル写真を眺めていた。

見城は店を出て、エレベーターに乗り込んだ。左手首のコルムを見ると、八時を数分過ぎていた。

見城は飲食店ビルを出て、少し離れた裏通りに急いだ。

飲食運転になるが、路上に駐めておいたオフブラックのローバー八二七ＳＬｉに乗り込む。右ハンドルの英国車だ。四速オートマチックで、走行距離は二万キロに満たない。

自分で購入した車ではなかった。

結婚を餌にして女子大生やＯＬの肉体を弄んでいた変態気味の若い歯科医から、一年数カ月前に脅し取った外車だった。新車なら、四百万円以上はするはずだ。

見城はエンジンを始動させた。

ちょうどそのとき、携帯電話が鳴った。アメリカ製の最新の盗聴防止装置付きだった。一般の自動車電話(カーフォン)や携帯電話は、他人にたやすく傍受(ぼうじゅ)されてしまう。

しかし、このスクランブル装置なら、会話を盗み聴(ぎ)きされる心配はなかった。悪党探偵の見城は、盗聴には神経質になっていた。自分の悪行(あくぎょう)を知られたら、命取りになりかねないからだ。

「お久しぶり。伊豆美輪(いずみわ)です」

いくらかハスキーな声が流れてきた。情事代行の客だった。三十一歳の美輪は、離婚歴のあるフリーのコピーライターだ。

「やあ、元気?」

「ええ、まあ。今夜のパートナーは、もう決まっちゃった?」

「きょうは本業の調査で忙しいんだよ」

「そうなの。残念だわ。見城さんといいことしたかったのに。生理が近いせいか、きのうあたりから無性(むしょう)に男性の肌が恋しくてね」

「せっかくだが、今夜は無理だな。気が向いたら、いつでもどうぞ!」

見城は通話を切り上げ、ローバーを発進させた。目的の雑居ビルまで、ほんのひとっ走りだった。

本郷ビルの斜め前に車を停め、五階の岡田組の事務所を見上げる。窓は明るかった。いくつかの人影が見えた。

塚越譲司が組事務所にいるかどうか確かめることにした。見城はＮＴＴの番号案内係に電話をかけた。岡田組の名義ではなく、岡田物産名になっていた。

組事務所に電話をすると、中年の男が受話器を取った。

「はい、岡田物産です」

「塚越さんをお願いします」

見城は裏声で言った。

「誰だい、あんた？」

「おれ、昔、池袋(ブクロ)でチーマーやってた者っす。ちょっと塚越さんにお願いがあるんですよ」

「塚越はいないんだ。家(ヤサ)に行ってみな」

「自宅って、どこでしたっけ？」

「豊島公会堂の並びにあるタイガーマンションの三〇三号室だ」

「ありがとうございます。助かりました」

「おい、ちょっと待てや」

相手が早口で言った。

「なんすか？」

「おまえ、なんて名だ？」

「サトシって言います」

「なんか仕事探してんだったら、うちの事務所に遊びに来いや」

「仕事探しじゃないんす。塚越さんに個人的なことで頼みがあるんすよ」

見城は言って、電話を切った。長く喋っていたら、相手が怪しみ、塚越に電話をしないとも限らない。

見城は車を発進させ、駅前の大通りを突っ切った。

教えられたマンションは豊島公会堂の百メートルほど手前にあった。九階建てで、外壁には薄茶の磁器タイルが貼られている。

見城はローバーを路上に駐め、目的のマンションの表玄関に足を向けた。

オートロック・システムにはなっていなかった。管理人の姿もない。

見城はエントランスロビーに入り、エレベーターに乗った。三階で降り、塚越の部屋のインターフォンを鳴らす。

　ややあって、スピーカーから若い女の声が響いてきた。

「どなた？」

「池袋署の防犯（現・生活安全）課の者だ」

　見城は言い繕った。

「えーっ」

「ちょっとした聞き込みだよ。オタつかなくてもいいんだ。塚越はいるな？」

「いることはいるけど……」

　相手の狼狽が伝わってきた。見城はドア・ノブに手をかけた。施錠はされていなかった。

　見城は無断で玄関のドアを開けた。

　そのとたん、刺激的な臭気が鼻腔を撲った。トルエンの臭いだ。玄関ホールから居間に走る赤いミニスカートを穿いた少女の後ろ姿が見えた。

　見城は靴を脱ぎ、部屋の奥に向かった。

　居間の床には防水シートが敷かれ、五つのブリキ缶と夥しい数の栄養ドリンク剤の空き壜が置いてあった。ジャージの上下を着た二十五、六歳の男が片膝をついて、給油ポンプでブリキ缶から小壜にトルエンを移しているところだった。

　ドリンク剤の空き壜には半分も注がれなかった。後は何かで薄めるのだろう。

　男のそばには、十六、七歳の少女が二人いた。赤いミニスカートの娘は、髪を金色に染めていた。もうひとりの少女は耳、眉、小鼻に銀色のピアスを飾っている。

「てめえ、いきなり何なんだよっ」

　男が振り返って、声を張った。眉間に刀傷があり、細い目が鋭かった。

「喧嘩腰になるなよ」

　見城は本物そっくりの模造警察手帳を短く呈示し、すぐに内ポケットに収めた。

「家宅捜査の令状は、どうしたんだよ。見せてくれ」

「さっきインターフォンで、ちょっとした聞き込みだと言っただろうが」

「なんでえ、そうだったのか。このばか、そんなこと言わなかったからさあ」

　ジャージの男は、赤いミニスカートの少女を顎でしゃくった。

　少女は頬を膨らませたが、何も言わなかった。いつの間にか、ピアスの少女は隣の和室に引きこもっていた。

「塚越譲司だな？」

　見城は確かめた。

「そうだよ」

「二人の女の子たちは、どこで拾ってきた？」

「うちの縄張り内の風俗店で働いてる子たちだよ。きょうは店をサボって、おれんとこに遊びに来ただけさ」

「トルエンでラリって3Pを娯しんだ後、商売の仕込みってわけか」

「工作用に小分けにしてんだよ。ラリパッパどもに売するわけじゃねえんだ」

「まあ、いいさ。おまえ、真杉知佐子を知ってるな？」

「ああ、知ってるよ。お風呂のお姐ちゃんで、てめえの男を殺っちまった女だろ？」

　塚越が立ち上がった。

「おまえ、知佐子に粉かけてたらしいじゃないか」

「ちょっとマブい女だったからな」

「知佐子をソープに逆戻りさせる気で、誰かに脱走させてもらったのかっ。え？」

「なに言ってんだよ。あの女が護送車から逃げたのはニュースで知ってるけど、おれ、そんなこと誰にも頼んでねえぞ」

「嘘じゃないな」

　見城は塚越の胸倉を摑んだ。

「ああ。おれ、あの事件（ヤマ）にゃ、まったく嚙（か）んでねえよ」

「おれに偽喰（ガセく）わせやがったら、トルエンでしょっぴくからな」

「ほんとにほんとだよ」

塚越が苛立（いらだ）たしそうに喚（わめ）いた。

こんなチンピラが絵図を画（か）けるわけないだろう。無駄骨を折ってしまった。

見城は手を放した。塚越が襟元（えりもと）の捩（よじ）れを直し、見城の顔をまじまじと見た。

「おたく、見ない顔だな」

「数日前に新宿署から池袋署に転属になったんだ」

「道理で見かけない顔だと思ったぜ」

「おまえ、知佐子の男関係で何か知らないか？」

「知らねえな、何も」

「トルエンを今夜中に捨てないと、手錠（ワッパ）打つぞ。いいな！」

「いいのかよ？ ほんとに見逃してくれるんだったら、ここにいる女どもと遊んでもいいよ」

「ションベン臭い小娘を抱くほど女にゃ不自由してない」

見城は塚越の刀傷の痕を中指の爪（つめ）で弾いて、大股で玄関ホールに向かった。背後で塚越の呻き声が聞こえた。

マンションを出ると、見城は車を南青山に走らせた。馴染みの酒場に寄る気になったのだ。

店に着いたのは、およそ四十分後だった。地階にある店に入ると、ビリー・ホリデイのレコードがかかっていた。LPレコードだった。この店にCDプレイヤーはない。

初老の画家が道楽で経営している酒場だ。インテリアは渋い色で統一され、店の雰囲気は落ち着いていた。そのせいか、常連客は三、四十代の男が多かった。

剃髪頭(スキンヘッド)の百面鬼はカウンターの端にいた。

その左隣には、松丸勇介(まつまるゆうすけ)が腰かけている。松丸は飲み友達だった。まだ二十八歳だ。フリーの盗聴防止コンサルタントである。要するに、盗聴器探知のプロだ。

私立の電機大を中退した松丸は電圧テスターや広域受信機を使って、仕掛けられた盗聴器を造作なく見つけ出す。

新商売ながら、だいぶ繁盛している。料金は一件に付き、三万円から十万円までと開きがあるらしい。出張先までの距離や盗聴器の種類によって、請求額を決めているという話だ。

見城は幾度となく、松丸に盗聴器の設置や探知を依頼している。そういう意味では、助手のような存在だった。

もっとも松丸は、強請には関わっていない。金銭欲は弱く、生身の女にもあまり興味がないようだ。ただ、裏ビデオ集めにはエネルギーを傾けている。秘蔵ビデオは千巻近い。中野のワンルームマンションには収めきれず、レンタルルームを借りていた。

あけすけなビデオを観すぎたせいか、女性には不信感や嫌悪感を抱いている。といっても、同性愛者ではない。

「きょうは、二人とも静かに飲んでるな」

見城は百面鬼の厚い肩と松丸の細い肩を同時に叩いた。

二人の仲間が、すぐに振り返った。やくざ刑事は山葵色のスリーピース姿だった。ふだんはカジュアルな服装をしている松丸も、ベージュのスーツを着ていた。ネクタイはフエレだった。

「松ちゃん、見合いだったのか？」

「おれ、見合いなんかしないっすよ。ちょっと偉い人の家に仕事にいったんす」

「偉い人って？」

見城は訊いた。

「ほら、有名な社会評論家で力石真一郎っていう人がいるでしょ？」

「ああ、知ってるよ。昨年の暮れにフランスの核実験に抗議して、フランス大使館の前で一週間も坐り込みをやった評論家だよな」

「そうっす。その力石真一郎の自宅に、かなり精巧な造りの盗聴器が仕掛けられてたんすよ。ダミーの電波を飛ばす装置付きで、探し出すのに苦労しました」

松丸が言った。

「力石真一郎は真のリベラリストを自認して、右も左もぶった斬ってるから、それだけ敵も多いんだろう」

「そうでしょうね。八十近い年齢で、あんなに精神が若々しいのはちょっとカッコいいっすよ」

「そうだな」

見城は相槌を打って、百面鬼の右隣に腰を下ろした。

いつものように、百面鬼は見城のバーボン・ウイスキーを飲んでいた。ボトルは、ほぼ空だった。

「他人の酒だと思って、景気よく飲んでくれるなあ」

「友達を大事にしてえから、せっせと自分の肝臓を痛めてんだよ。見城ちゃんは、薄い水割りにしとけや」

「今夜は、意地でもストレートで飲む」

見城は誓言し、無口なバーテンダーに新しいボトルと新しいグラスを持ってこさせた。

百面鬼が残りのバーボンを素早く自分のグラスに注ぎ、茶色の葉煙草(シガリロ)をくわえた。

「ちょっと動いてみたんだが、収穫はなかったよ。百(どう)さん、早いとこ面会人名簿のリストを頼むぜ」

見城は低く耳打ちした。

「明日、八王子に行くよ。なんだったら、知佐子たち五人に面会した奴をおれがチェックしてやってもいいぜ」

「いくら追加させる気なんだい？」

「両方で十万だな。見城ちゃんは現場踏んでみなよ。何か収穫があるかもしれねえからさ」

「そうするか」

「おっ、新しいボトルがきたな」

百面鬼がバーテンダーからブッカーズの壜を奪い取り、さっそく封を切った。

友達選びを間違ったようだ。見城は苦笑し、内ポケットの煙草を探(さぐ)った。

4

山道は険しかった。

見城は四輪駆動車のステアリングを操っていた。ビッグホーンだった。

レンタカーだ。栃木IC(インターチェンジ)の近くで、ローバーから乗り換えたのである。四輪駆動車を借りて正解だった。

見城は上都賀郡（現・鹿沼市、栃木市、西方町）の谷倉山(やぐらさん)を登っていた。

標高約六百メートルの山だ。五日前に囚人護送車が襲われた現場は、もう少し先だった。麓(ふもと)には民家が連(つら)なっていたが、いまは完全に山の中だ。

すでに中腹に差しかかっていた。山の樹々は新芽に彩(いろど)られている。時々、鳥影(ちょうえい)が前方をよぎった。

山の中は森閑(しんかん)としていた。

午後三時過ぎだった。太陽は、やや西に傾きはじめている。

未舗装道路を走りつづけていると、不意に無数のタイヤ痕が前方に見えた。犯行現場にちがいない。

見城はビッグホーンを切り通し側に寄せた。

すぐに車を降りる。少し風があった。葉擦れの音が小さく響いてきた。

見城は中腰になって、ゆっくりと歩いた。

道路には、煙草の吸殻が何本も落ちていた。報道関係者たちの吸殻なのか。

見城は屈み込んで、道の表面を仔細に観察した。

土の色がわずかに異なる箇所が、いくつかあった。血溜まりの痕だろう。

見城は道の際の下草を搔き分けた。

だが、空薬莢はどこにも落ちていなかった。高速料金の領収証の類も見当たらない。

遺留品が見つかるとは期待していなかった。気落ちはしていない。

報道によると、護送責任者の男は繁みの中で頭を撃ち抜かれていたはずだ。

見城は道から斜面を登り、灌木の中に足を踏み入れた。ところどころ灌木が踏み倒されていた。ちょうど獣道のようだった。

そこを通り抜け、奥に進む。五、六メートル行くと、灌木がまとまって踏み倒されていた。

責任者が射殺された場所だろう。よく見ると、葉や小枝に黒ずんだ血痕がこびりついていた。下生えには、黒々とした血糊が拡がっている。

見城は射殺犯の足跡を探しはじめた。

それらしい痕跡は、すぐに見つかった。雑草が踏みしだかれ、灌木の細い幹も折られている。

見城は、その足跡をたどった。

少し進むと、足跡は判然としなくなった。それでも見城は根気よく、あたりに目を配った。途切れて見えた足跡は、ほどなく見つかった。

それは、山道に並行する形で繁みの中に刻まれていた。

見城は足跡に沿って歩いた。
四、五十メートル先に、煙草の吸殻が二本落ちていた。どちらも、ベンソン&ヘッジだった。二本とも軟らかな土の中に半ば埋まっている。吸い口には、噛んだ痕がくっきりと残っていた。責任者の男をシュートした者は、おそらくここで待機していたのだろう。
見城はそう思いながら、さらに目を凝らした。

しかし、二本の吸殻以外には何も落ちていなかった。射撃犯の足跡と思われる靴の跡は、山道までつづいていた。

見城は未舗装道路に降りた。そのあたりは、緩いカーブになっていた。囚人護送車が襲われた場所は見えなかった。

見城は付近の繁みに視線を走らせた。

少し離れた場所の灌木が薙ぎ倒されていた。そこまで大股で歩く。どうやら二台の車が繁みの中に入ったらしい。

タイヤ痕らしいものがあり、わずかにオイルの染みがあった。事件当夜、襲撃犯グループがこの場所に二台の車を駐めたのだろう。

見城はしゃがみ込み、地べたを見た。

足跡に足跡が重なり、靴の大きさははっきりとしない。雑草の中には、小さめのサンダルの跡も見えた。

囚人たちは刑務所でサンダルを履かされている。この小さなサンダルの跡は、知佐子たち五人の女囚のうちの誰かの物にちがいない。

知佐子たちは、ここで犯人らが用意した車に乗り込んだのだろう。争ったような痕跡はないから、女囚が拉致されたとは考えられない。やはり、五人の女のうちの誰かが脱走を企てたのだろう。

見城は確信を深め、レンタカーの方に戻りはじめた。

そのすぐ後だった。突然、車のクラクションが高く鳴った。警笛は後ろから聞こえた。

見城は立ち止まって、体を反転させた。

だが、車はどこにも見えない。ふたたびホーンが轟く。今度は長く鳴らされた。救いを求めるサインのようだった。

見城は警笛の聞こえた方向に走った。

百メートルほど先に、メタリックシルバーのアウディが見えた。フロントの右側は、切り通しの断面に突っ込む形だった。フロントグリルから、白い湯気が立ち昇っている。

左ハンドルの車だった。蜜蜂のような体型の女が車内に半身を突っ込み、クラクションを響かせていた。顔は見えなかったが、体つきは若々しい。

見城はアウディに走り寄った。

足音で、女が振り向いた。息を呑むような美人だった。二十七、八歳だろう。肉感的な体を黒いニットスーツで包んでいる。スカートの丈は短かった。

「どうされたんです?」

「脇見運転をしてて、うっかり切り通しに突っ込んでしまったんです。バックしようとしても、車が動いてくれなくて……」

「それで、クラクションを鳴らしたんですね」

「ええ、そうなんです。こんな山の中だから、急に心細くなってしまって。近くに人がいてくれたんで、よかったわ」

「ちょっと見てみましょう」

見城はアウディの前に回った。

フロントの右側は数十センチ、切り通しの土中に埋まっていた。右のヘッドライトは砕け、破片が散っていた。フロントグリルのフードはひしゃげ、ラジエーターのあたりから湯気が洩(も)れている。

エンジンは停まっていた。

見城は身を屈(かが)め、フードの隙間からエンジンを見た。ラジエーターが破損(はそん)しているだけで、ほかはどこも傷(いた)んでいないようだ。

ラジエーターを応急修理して、水を入れれば、何とか動くだろう。しかし、それでは、このセクシーな美女と親しくなるチャンスがない。どうしたものか。

見城は頭を急回転させた。

「あちこち故障しちゃったのかしら？」

「ラジエーターは完全にイカれちゃってますね。それから、何本か配線が外れてるな」

「そうなんですか」

「一応、こっちがトライしてみますよ」

「よろしくお願いします」

女が頭を下げ、縋るような目を向けてきた。ぞくりとするほど色っぽい目だった。

見城は近くの灌木を根っこから引き抜き、手早く小枝を払った。その細い幹を使って、右の前輪の周りの土を掻き落とす。

「申し訳ありません。そんなことまでさせてしまって」

「タイヤの周囲の泥を取り除いても、うまく抜けるかどうかな。ギアをＲレンジに入れて、何度か後退しようと試みてみたんでしょ？」

「ええ。でも、最初のときは右の前輪が空転しただけで、二度目のときは途中でエンジンが停まってしまったの」

「それじゃ、この車を動かすのは無理かもしれないな」

「困ったわ」

女が不安顔になった。

「このアウディに乗れなかったら、こっちがあなたを目的地まで送り届けてあげますよ。地元の方なのかな？」

「いいえ、東京から来たんです。この山を越えた粟野町（現・鹿沼市）の外れに、お友達の版画家のアトリエがあるんですよ。そこに行くつもりでした。その山荘で、二、三日、静養させてもらうつもりだったの」

「そう。その山荘には、友達がいるんですね？」

「いいえ、誰もいません。ひとりでのんびりしようと思って、食料をいろいろ買い込んできたんだけど……」

「アウディが動いてくれなかったら、その山荘まで送ってあげましょう」

見城は言いながらも、土を掻き崩しつづけた。

「地元の方ですの？」

「いや、こっちも東京に住んでるんだ。栃木にちょっと用事があってね」

「そうなんですか」

「こんなときに自己紹介もなんだけど、見城といいます」

「わたしは露木です。露木芽衣子と申します」

「女優か何かでしょ？」

「おからかいにならないで。フリーの秘書です。人材派遣会社のお世話で、半年とか一年契約で各企業の役員の秘書をしているんです。あなたは何をなさってるの？」

「渋谷で調査関係の会社を経営してます」

「ご立派だわ、その若さで」

芽衣子が感心したような口ぶりで言った。見城は見栄を張ってしまったことを少し悔やんだ。これで、もう芽衣子を渋谷の自宅マンションには連れ込めなくなった。

「あら、手とお洋服が汚れてしまって」

「気にしないでください」

「わたしも手伝います。いま、枯れ枝でも見つけてきます」

「いや、もうタイヤの周りの土はだいぶ落ちましたよ。ちょっとエンジンをかけてみよう」

見城は折れ曲がってしまった灌木を足許に捨て、アウディの運転席に入った。キーは差し込まれたままだった。イグニッションキーを捻ると、エンジンは呆気なくかかった。

これでは、まずい。見城は素早くキーを戻した。

唸りはじめたエンジンが、すぐに停止する。見城は同じことを二度繰り返し、オーバーに溜息をついた。

「やっぱり、駄目みたいですね」

芽衣子が声をかけてきた。

「フードを開けて、修理できそうな箇所はいじってみましょうか?」

「そこまでは、お願いできません。この車は、ここに置いていきます。申し訳ありませんけど、あなたの車で友人のアトリエまで乗せてってもらえます？」

「ええ、いいですよ」

見城は助手席に置かれたトラベルバッグを摑み上げた。アウディのドアをロックし、芽衣子をビッグホーンに導く。

見城はレンタカーの助手席に色気のある美女を坐らせ、すぐに車をスタートさせた。安全運転で谷倉山を越え、山裾をしばらく走った。

いつしか陽は沈みかけていた。残照で、あたりの樹々は緋色に染まっている。

芽衣子の友人の山荘は、雑木林の中にあった。近くに民家や別荘は、まったくなかった。山荘はログハウス風の造りだった。伐り出したままの丸太が、ふんだんに使われている。二階家で、テラスが広かった。

見城はビッグホーンを庭先に停めた。

芽衣子がトラベルバッグを抱え、先に車を降りた。馴れた足取りで山荘のポーチに進み、玄関戸の鍵を取り出した。見城は山荘に急いだ。

「お友達のセカンドハウスですけど、どうぞお入りになって」

芽衣子が玄関ホールの照明のスイッチを入れた。白熱灯の光が拡がった。

「いや、ここで失礼しますよ」

見城はポーズで遠慮してみせた。

「汚れてしまった手を洗ってください。インスタントですけど、コーヒーをすぐに淹れますので」

「それじゃ、ちょっとだけ……」

「どうぞ、どうぞ」

芽衣子がにこやかに言って、スリッパラックに腕を伸ばした。

見城は起毛のスラックスの泥を払い落としてから、ワークブーツを脱いだ。綿のパーカも、ついでに脱ぐ。

芽衣子が先にＬＤＫに入った。

二十五畳ほどの広さだった。ウッディフロアで、居間の向こう側がアトリエになっていた。その手前に、洒落た階段があった。

「二階に二部屋あるんです。あら、頭にも泥がついてるわ。見城さん、いっそシャワーをお浴びになったら？　お湯は、すぐ出るんです」

芽衣子がダイニングキッチンに走り、給湯機の電源を入れた。

「頭にまで土がついてるのか。なら、お言葉に甘えて、ちょっとシャワーを使わせてもらうかな」

「お風呂場は玄関ホールの右手なんです。ご案内しましょうか？」

「わかると思うな」

見城は綿パーカを北欧調のリビングセットのソファに掛け、玄関ホールに出た。

ホールの隅に、トイレと洗面室のドアが見えた。見城は洗面室のドアを開け、電灯のスイッチを入れた。洗面室は脱衣所を兼ねているらしかった。洗面台のすぐ左手に、浴室のドアがあった。

見城は着ているものを脱ぎ、浴室に入った。いくらか寒かった。

熱めの湯を出し、備え付けのシャンプーで頭髪を洗う。体の泡を洗い落としていると、浴室のガラス戸が開いた。

見城は、わが目を疑った。

なんと素っ裸の芽衣子が入ってきたのだ。しかも、豊満なバストや秘めやかな場所を隠そうともしない。

「そんなに驚かないで。わたしのこと、頭のおかしな女だとお思いになった？」

「そうは思わないが、ちょっとびっくりしたよ」

「わたし、恋人と別れて、もう二年になるの。だから、あなたが裸でシャワーを浴びてる姿を想像したら、なんだか体の芯が疼いてしまって……」

芽衣子が言うなり、抱きついてきた。

見城はシャワーヘッドをフックに掛け、無言で芽衣子を抱きしめた。想像通りの裸身だった。肌理も細かい。

芽衣子が瞼を閉じ、キスをせがむ顔になった。見城は脚を大きく開き、やや背を丸めた。唇を貪ると、芽衣子は粘っこく舌を絡ませてきた。

見城は濃厚なくちづけを交わしながら、芽衣子のヒップを揉んだ。毬のような手触りだった。

芽衣子も舌を舞わせながら、見城の腰や尻を撫で回した。

見城は芽衣子の舌を吸いつけながら、上半身を横に揺さぶった。芽衣子の二つの乳首が硬く痼った。

見城は芽衣子のはざまを探った。

芽衣子が喉の奥で、甘やかに呻いた。見城は合わせ目を分けた。早くも潤んでいた。

見城は指先で掬い取った愛液をクレバス全体に塗り拡げ、二枚の花びらを掻き震わせた。

芽衣子の呻きが高くなった。

見城は感じやすい突起にも、愛撫を加えはじめた。芽衣子が息苦しさに耐えられなくなったらしく、急に唇を外した。吐かれた息は太かった。

「こんなことされるのは本当に久しぶりだわ」

「こっちの体にも火が点いたよ」

見城は芽衣子の右手を取って、昂まりかけているペニスに導いた。

芽衣子は、すぐさま包み込んだ。まるで待っていたような感じだった。

二人は唇を合わせながら、互いに性器をまさぐり合った。芽衣子の指遣いは巧みだった。男の体を識り尽くしていた。見城は一気に猛った。芽衣子の中心部も淫靡な音をたて通しだった。

見城は昂まった性器で、器の構造を確かめたい気分になった。

芽衣子の脚を開かせ、下から男根を潜らせる。割に狭かった。芽衣子が白く輝く喉をのけ反らせた。呻き声がなまめかしかった。

見城は膝を屈伸させながら、強弱をつけて突き上げた。突くたびに、芽衣子は切なげな声を洩らした。見城は抽送しながら、芽衣子の首筋や額の生え際に唇を当てた。

「転びそうで、なんだか怖いわ。二階の右側の寝室で待ってて。シャワーを浴びたら、すぐに行きます」

芽衣子が喘ぎ声で言った。

見城は体を離した。

「洗面室にバスタオルがあるから、それを使って」

芽衣子がシャワーヘッドを摑み、カランの前にしゃがんだ。

見城は浴室を出て、バスタオルで体をざっと拭った。衣服やトランクスをひとまとめにし、洗面室を出る。見城は裸のまま、二階に上がった。右側の寝室に入り、電灯を点ける。窓側にセミダブルのベッドがあった。

見城はベッドカバーと寝具を大きく捲り、シーツに身を横たえた。

一服したかったが、煙草とライターは階下の綿パーカのポケットの中だった。そのまま、ベッドから降りなかった。

芽衣子が寝室に入ってきたのは七、八分後だった。

高級なシャンパンとグラスを二つ持っていた。生まれたままの姿だった。肌はピンクに染まっていた。芽衣子が二つのグラスをナイトテーブルの上に置き、高価なシャンパンを注いだ。

「リッチなんだな。いつもこんな高いシャンパンを飲んでるの？」

「年に数回ですよ。わたしたちの出会いに乾杯しましょ？」

「そうしようか」

見城は上体を起こし、先にグラスを持ち上げた。

芽衣子もグラスを手に取った。二人はグラスを軽く触れ合わせた。見城はひと息に飲み干した。早く芽衣子を見ると、グラスの縁に唇を押し当てているだけだった。

何気なく芽衣子を見ると、グラスの縁に唇を押し当てているだけだった。

「なんで、きみは飲まないのかな」

「飲んだら、大変なことになるもの……」

「それ、どういう意味なんだ？」

見城は訊いた。

芽衣子が謎めいた微笑を漂わせ、だしぬけにグラスのシャンパンを見城の下腹に垂らした。

「なんの真似だっ」

「わたしがこれを飲まなかった理由は、すぐにわかるわ」

「まさか毒を⁉」

「さあ、どうでしょう？」

「何者なんだ、そっちは？」

見城はベッドを降りた。

そのとき、急に目が回りはじめた。毒物ではなさそうだ。強烈な幻覚剤入りのシャンパンを飲まされたのかもしれない。不覚だった。

見城は立ち上がろうとした。だが、足腰に力が入らなかった。芽衣子の裸身が大きく揺れて見えた。

「くそったれ！」

見城はカーペットの上に崩れた。

陽炎（かげろう）のような白い裸身がゆっくりと遠ざかっていった。

第二章　快楽殺人の罠

1

息ができない。

胸が詰まって、肺が破裂しそうだ。見城は意識を取り戻した。

山荘の居間だった。トランクス一枚で、木の椅子(いす)に腰かけさせられていた。

目の前に、二人の男が立っている。ともに三十歳前後だろうか。露木芽衣子の姿は見当たらなかった。

見城は本能的に立ち上がろうとした。

だが、立てなかった。両手首にプラスチック製の手錠を掛けられ、下半身は白い樹脂製の結束バンドで椅子に括(くく)られていた。

それだけではなく、首と胸部には圧力ベルトを嵌められていた。血圧測定のときに使うゴムの嵌め具に似たベルトだった。二つの圧力ベルトから伸びているゴム管は、右側にいる男が持つラグビーボールのような圧縮ポンプに繋がっていた。

「見城豪、三十六歳……」

左手に立った口髭を生やした男が、何かを読むような口調で呟いた。見城の運転免許証を開いていた。

「初対面の人間が、ずいぶん荒っぽいことをしてくれるじゃないか。おたくらに恨まれる筋合はないぞ」

見城は声を絞り出した。

「鼻っ柱が強そうだな」

「あの女は、どこに隠れてる？」

「誰のことを言ってるのかな」

「露木芽衣子だよ」

「そんな名の女は知らない」

「とぼけやがって。芽衣子が色仕掛けで、おれをこの山荘に連れ込むシナリオだったんだろうが！」

「何を言ってるんだ。おまえが無断で他人の別荘に入り込んでたんで、ちょっと薬を服ませたんだよ。ここに、女なんかいない」

口髭の男がそう言い、にやにやと笑った。

「くそったれめ。シャンパンに何を混ぜやがったんだ？」

「いいだろう、教えてやろう。合成幻覚剤のジメチルトリプタミンと睡眠薬のハルシオンだよ。おまえは二時間近く眠ってた」

「その間に、芽衣子って女は逃げやがったんだなっ」

「そうか、おまえは幻覚剤で実在しない女の幻を視たようだな」

「ふざけやがって。てめえ、何者なんだ？」

見城は声を張った。すると、圧縮ポンプを握っているスポーツ刈りの男が口を開いた。

「そんなことより、谷倉山で何をしてた？」

「おれは、ただ車で山を越えただけだ」

「おまえこそ、とぼけるなっ」

「どういうことなんだ？」

見城は言い返した。スポーツ刈りのずんぐりとした体軀の男が口をたわめ、カントリージャケットのポケットから一枚のカラー写真を抓み出した。

囚人護送車が襲撃された現場近くの繁みにいる見城の姿が写されていた。多分、望遠レンズで捉えられたのだろう。

「おれに背恰好がちょっと似てるな」

「これは、おまえだろうが！　おまえは、繁みの中で何か拾ったろう？　そいつをどこに隠したんだっ」

「おれが何かを拾ったって!?　何を拾ったって言うんだよ」

「それは、おまえがよく知ってるはずだろうが」

「おれは何も拾っちゃいないっ」

「どこまで突っ張れるかな」

スポーツ刈りの男が大きな目に濁った光を溜め、ラグビーボールそっくりの圧縮ポンプを浅く押した。

次の瞬間、見城は首と胸に凄まじい圧迫を覚えた。二つの圧力ベルトは空気を孕み、ドーナッツ状に膨れ上がっていた。

最新の拷問方法なのか。圧力ベルトに空気を送りつづけられたら、呼吸が困難になる。胸を締められつづけたら、横隔膜が機能しなくなるだろう。

男たちにしてみれば、一滴の血を見ることなく、対象の口を割らせることができるわけだ。こんな拷問具を持っているとは徒者ではない。おそらく囚人護送車を襲った実行犯たちだろう。

見城は目を白黒させながら、息苦しさに耐えた。

口髭の男が、スポーツ刈りの男に目で合図を送った。また、圧縮ポンプが押された。

見城は目が霞んだ。気が遠くなりそうだった。喉の軟骨は、いまに潰れるのではないか。肋骨も砕けそうで、生きた心地がしない。

しかし、事件現場の近くでは何も拾っていなかった。ベンソン＆ヘッジの吸殻を見ただけだ。

「拾った物はどこにある？」

口髭の男が訊いた。

「く、苦しくて、喋れない」

「吐かなきゃ、そのまま死ぬことになるぞ」

「拾った物は、あの近くの木の下に埋めてあるよ」

見城は苦し紛れに言った。敵の秘密を握っている振りをすれば、すぐには殺されないだろう。

「どのあたりだ？」

「太い樫(かし)の木の根元だよ」

「あそこには、太い樫の木なんか何本もある。もっと具体的に言え！」

口髭の男が、いきり立った。

「道から七、八メートル離れた所だったかな」

「そんな答え方じゃ、よくわからない」

「なんだったら、おれが案内してやるよ」

見城は言った。なんとか縛(いまし)めを解(と)かせ、反撃のチャンスを摑みたかったのだ。

「その必要はない。おれたちが自分で探し出す」

「ちょっとわかりにくい場所なんだ。おれが道案内するって」

「おまえの肚(はら)は読めてるよ。案内する振りして逃げられると思ったら、大間違いだぞ」

口髭の男がそう言い、すぐにスポーツ刈りの男に声をかけた。

「星(ほし)、もっと空気を送ってやれ。ただし、まだ殺すなよ」

「はい」

星と呼ばれた男が短く返事をし、少しずつ圧力ベルトに空気を注入しはじめた。

見城は一段と息苦しくなった。舌も縺(もつ)れはじめた。悪態をつくつもりだったが、言葉にならなかった。

意識がぼやけはじめると、口髭の男が近寄ってきた。注射器を手にしている。ポンプの中身は全身麻酔液だろう。腹に注射針が突き立てられた。見城は身を捩った。しかし、虚しい抵抗だった。ポンプの薬溶液は、瞬く間に体内に注ぎ込まれた。

十数秒後、四肢が痺れはじめた。視野も狭まり、二人の男のシルエットがおぼろに霞んでいる。それから間もなく、見城の意識は混濁した。

どれくらいの時間が経過したのか。

女の悲鳴で、見城は我に返った。コンクリートの床に敷かれたマットレスの上に寝かされていた。檻のような小部屋だった。三方は厚いコンクリートの壁で、正面に鉄の扉があった。

見城は手錠を後ろ手に掛けられていた。裸ではない。

自分の服を着せられていた。靴も履かされている。ただ、コルムの腕時計は外されていた。小部屋には、見張りはいなかった。

奇妙な造りだ。壁面には金網のようなものが張り巡らされている。フェンスには、電流が通されているらしかった。

また、女の悲鳴が聞こえた。

絶叫に近い悲鳴だった。その声は、隣室から洩れ伝わってきた。

ここは、粟野町（現・鹿沼市）の山荘ではないようだ。いったい、どこなのか。

見城は肘で上半身を起こそうとした。

だが、肘を伸ばしきらないうちに体を支えきれなくなってしまった。まだ麻酔が完全には抜けていないのだろう。

見城はマットに横たわり、なるべく体力を貯えることにした。

五分ほど過ぎると、鉄扉が軋んだ。小部屋に入ってきたのは星という男だった。表情が険しい。

「きさま、いいかげんなことを言いやがったな！」

「探し物が見つからなかったらしいな。そうなんだろ？」

「拾った物は、どこにあるんだっ」

スポーツ刈りの男が走り寄ってきて、足を飛ばした。

見城は腰をスピンさせた。しかし、蹴りは躱せなかった。星の靴の先が脇腹に沈んだ。

その瞬間、見城は腹筋に力を入れた。

少しはダメージを殺げたはずだが、腸が熱く灼けた。自然に呻き声が出る。

「質問に答えなきゃ、また気を失わせるぞ」

星が壁に歩み寄り、何かのスイッチを入れた。

やはり、金網に電流が通る仕組みになっているようだ。見城は脚で闘う気になった。

星が無防備に近づいてきて、ふたたびキックを放つ体勢になった。見城は素早く右足刀で、星の軸足の向こう臑を蹴った。

星の臑が鈍く鳴った。体のバランスは崩れかけていた。

見城は反動をつけて転がった。

二人の体がぶつかった。星が尻餅をつく恰好になった。見城は片脚を水平に回した。寝たままの変則的なローキックだった。

星がフェンスまで吹っ飛んだ。

ほとんど同時に、放電音が響いた。小さな青い火花も散った。星が野太い声を放ち、電流の走った金網から離れた。

見城は間髪を容れず、上足底で相手の稲妻を蹴った。脇腹のあたりだ。

星がふたたびフェンスに触れ、高い声を放った。手脚が、ぎくしゃくと揺れた。電流がもろに体内を駆け巡ったのだろう。

見城は右肘を発条にして、勢いよく跳ね起きた。

そのとき、星が這って壁から離れた。見城は相手を引き寄せてから、強烈な前蹴りを見舞った。蹴りは星の鎖骨の上に入った。村雨と呼ばれている人体の急所だ。

星が背中を丸める。

見城は、またもや右脚を躍らせた。ワークブーツの先が、まともに水月に埋まった。一般には鳩尾と呼ばれている場所だ。

星が胃の中のものを逆流させながら、マットレスに前のめりに倒れた。

「ここは、どこだ？」

見城は訊いた。

星は呻くだけで、何も答えない。見城は右脚を高く振り上げ、星の背中に踵を落とした。活殺のあたりだった。

星が身を反らせ、長く唸った。

「ここは、どこなんだ？」

「霧降高原だよ、日光市の北にある」

「五人の女囚はどこにいるんだっ」

「女囚？」

「シラを切る気か。てめえらが囚人護送車を襲ったんだろうが！」

「な、なんの話なんだよ?」

「そっちがその気なら、手加減しないぞ」

見城は凄み、星のこめかみを力まかせに蹴った。急所の霞だ。

星の体がハーフスピンする。口から泡を噴きながら、気絶してしまった。

見城は屈んだ。後ろ向きになって、スポーツ刈りの男のポケットを探る。拳銃も刃物も持っていなかった。

見城は立ち上がった。

鉄の扉に走り寄り、耳に神経を集める。廊下に見張りが立っている気配は伝わってこない。見城は肩口で重い扉を押し開け、檻に似た小部屋を出た。

やはり、人影はなかった。

見城は鉄扉を閉め、口を使って外鍵を掛けた。ふと横を見ると、同じような小部屋がずらりと並んでいた。

見城は抜き足で隣の小部屋に接近し、矩形の監視窓から中を覗き込んだ。

おぞましい光景が目に飛び込んできた。全裸の中年男が、血塗れのタイ人らしい女にフェラチオを強いていた。女も一糸もまとっていない。肉感的な肢体だ。
二十二、三歳の小麦色の肌をした女は、体じゅう痣だらけだった。髪の毛は虎刈りにされていた。ひざまずいた女の性器は、鮮血に塗れていた。

何か異物を挿入され、会陰部（えいんぶ）が裂けてしまったらしい。血の糸が内腿（うちもも）に何本も這っている。痛々しかった。

男はフォールディング・ナイフの刃を女の項（うなじ）に押し当て、火箸（ひばし）を片方の乳房に浅く突き刺していた。狂った表情だった。

女は、おおかた不法残留者なのだろう。救（たす）けてやりたいが、自分が押し入ったら、男は女を殺すだろう。

見城は焦（あせ）りと怒りを感じながら、横に移動した。

次の小部屋の中では、四十六、七歳の男が十八、九歳の娘の腹に跨（また）がり、フォークで眼球を突きまくっていた。二人とも生まれたままの姿だ。

娘は虫の息だった。両腕は、二（に）の腕（うで）のあたりで切断されていた。

切断面から、ポスターカラーのような血糊（ちのり）がどくどくと噴いている。恥毛は焼かれ、腿も刃物で裂かれていた。

彼女も、じきに息絶えるだろう。

見城は憤（いきどお）りを抱えつつ、三番目の小部屋の前に立った。

そのとたん、足が竦（すく）みそうになった。ハードマットレスの上に、若い女の生首が転がっていた。二十六、七歳の裸の男が電動チェーンソーで死体の片脚を付け根から切断中だった。

返り血を浴びた男は何か独(ひと)り言(ごと)を呟(つぶや)きながら、へらへらと笑っていた。魂を抜かれた顔つきだった。線香代わりのつもりなのか、死体の陰部には火の点いた煙草が挟まれていた。

最後の檻は地獄絵そのものだった。

初老の男が、顔面を叩(たた)き潰された女の死体と正常位で交わっていた。いわゆる死姦だ。殺された女は、コロンビア人のようだった。その全身には、無数のリベットが打ち込まれていた。

屍姦病(ネクロフィリア)に罹(かか)っているらしい男は、うっとりとした表情で死体を穢(けが)していた。腰の動きはダイナミックだった。

ここは、どうやら秘密快楽殺人クラブらしい。女たちを嬲(なぶ)り殺しにしているのは、富裕層の異常性欲者たちなのだろう。男たちは正気を失っているようだった。ひょっとしたら、マインドコントロールされているのかもしれない。

見城は階段の昇り口を目で探した。

それは少し先にあった。そこまで一気に走る。誰もいなかった。

見城は階段を駆け上がった。一階には、広い大広間(サロン)があった。古ぼけた洋館だった。人のいる気配は伝わってこない。

見城はサロンを斜めに横切って、奥の部屋に向かった。

洋室が三部屋ほど並んでいた。真ん中の部屋のドアが半分近く開いていた。

見城は、その部屋に忍び寄った。

ドアの陰から室内を覗き見ると、右の壁際にモニターが連(つら)なっていた。それは、それぞれビデオデッキと繋がっていた。モニターの画面には、地下室の狂った殺人遊戯の光景が映し出されていた。

受像機の前には、男がいた。

回転椅子に深く凭(もた)れ、紫煙をくゆらせていた。右手の指に挟まれた煙草は、ベンソン&ヘッジだった。背を見せていた。体つきは三十代に見えた。

この男たちが、知佐子たち五人の女囚を脱走させたにちがいない。真杉豊の姉たちは、快楽殺人の生贄(いけにえ)にされたのだろうか。

見城は慄然(りつぜん)とするような想像を打ち消し、ベンソン&ヘッジを喫(す)っている男にそっと近づいた。

椅子に腰かけた男は振り向かない。見城は相手との距離を目測してから、横蹴りを放った。男が椅子ごと床に転がった。

すかさず見城は踏み込み、男の顎に前蹴りを浴びせた。三日月と呼ばれている顎も、人体の急所の一つだった。

男が唸って、手脚を縮めた。

三十三、四歳で、なかなかダンディーだ。カシミヤのキャメルカラーのジャケットを着ていた。

「五日前の深夜に囚人護送車を襲撃したのは、てめえらだなっ」

見城は声を荒らげた。

「何を言ってるんだ⁉　見当違いだよ」

「真杉知佐子はどこにいる？」

「………」

男は口を噤んで、横を向いた。

「黙ってると、てめえを蹴り殺すぞ。知佐子の居所を吐きやがれ！」

「そんな名の女は、まったく知らない」

「いい根性してるな。後悔させてやる！」

見城は吼えるなり、伊達男を蹴りまくった。

場所は選ばなかった。男は両腕で顔面と喉もとをガードしながら、転げ回った。すぐに口から、血の塊（かたまり）を撒（ま）き散らしはじめた。内臓のどこかが破裂したのだろう。

「知佐子たち五人は、どこにいるんだっ」

「本当に、お、おれは知らないよ」

「痛めつけ方が足りなかったようだな」

見城は狙（ねら）いをすまして、男の聖門（せいもん）を蹴った。

頭頂部だ。男が怯（おび）えたアルマジロのように四肢（しし）を丸め、のたうち回りはじめた。赤い雫（しずく）が四方に飛んだ。床に落ちた煙草はフィルターまで焦（こ）げていた。

喋れるようになるまで、小休止だ。

見城は男を見下ろしながら、わずかに乱れた呼吸を整えはじめた。

その矢先だった。見城の足許で着弾音がした。銃声は聞こえなかった。

二発の九ミリ弾が跳（は）ねて、ビデオデッキとモニターのフレームに当たった。

見城は体ごと振り返った。

口髭をたくわえた男が、消音器を装着したワルサーP5を構えていた。ドイツ製の自動拳銃だ。弾倉（マガジン）に八発入り、薬室（チャンバー）に予（あらかじ）め初弾を送り込んでおけば、フルの装弾数は九発になる。

口髭の男の後ろには、三十歳前後のいかつい顔の男が立っていた。ライオンのような面相だった。

「気賀さん、大丈夫ですか？」

ライオン男が、倒れた男に走り寄った。どうやら伊達男が四人組のリーダーらしい。

「星を痛めつけてくれたようだな。たっぷり礼をさせてもらうぜ」

口髭の男が言った。

見城は男との距離を目で測った。四メートル近く離れていた。蹴るには、遠すぎる。

「両膝をつけ」

ワルサーを持った男が命令した。

見城は素直に従った。口髭の男が、獅子面の男に声を投げた。

「相川、こいつの頭にセメント袋をそっくり被せろ」

「はい」

相川と呼ばれた男が、急いで部屋から出ていった。

そのとき、気賀というリーダー格の男がよろよろと身を起こした。見城に近づいてきて、いきなり背中を蹴った。

見城は前のめりに倒れた。気賀が狂ったように、見城の側頭部と脇腹を交互に蹴りつけてきた。見城は痛みに耐え抜いた。

「登坂、後はおまえに任せよう」

気賀が口髭の男に言い、モニターの並んだ部屋から消えた。入れ代わりに、相川という男が戻ってきた。

登坂がゆっくりと近寄ってきて、見城の肩口にサイレンサーを強く押し当てた。

相川が背後から回り込んできて、見城の頭にセメント袋を被せた。首のところを紐できつく結ばれた。

「おれを殺る気かっ」

見城は怒鳴った。声は幾分、くぐもっていた。

登坂と相川は、せせら笑っただけだった。

見城は二人がかりで摑み起こされた。反撃のチャンスはなかった。

「歩け！」

登坂が脇腹に消音器の先端を宛てがった。相川が腰を蹴りつけてきた。

見城はたたらを踏み、そのまま歩きだした。さすがに不安な気持ちだった。しかし、まだ絶望はしていなかった。

2

空が明け初めた。

見城は谷底に横たわって、打撲の痛みに耐えていた。

生きているのが不思議だった。古びた洋館で登坂、相川、星の三人に容赦なく蹴られたあと車に乗せられ、崖の上から突き落とされたのだ。

後ろ手に手錠を掛けられたままだった。セメント袋は取り除かれていた。

崖は険しく、岩が多かった。見城は斜面を石のように転がり、数えきれないほど大きくバウンドした。

そのたびに、体のどこかを強く撲った。

岩にぶち当たっただけではない。喬木の幹にも、まともにぶつかった。まるでピンボールのように撥ね飛ばされながら、深い谷の底まで滑り落ちた。

体が止まっても、見城は動けなかった。

衣服は鉤裂きだらけで、無数の擦り傷ができていた。しかし、その傷の痛みはたいしたことなかった。

ほぼ全身に負った打撲傷がこたえた。

ほんの少し体を動かすだけで、筋肉が激しく痛んだ。ただ、奇跡的にどこも骨折していないようだった。

見城は夜が明けるまで、じっとしていることにした。

だが、眠らなかった。眠るのは危険だった。春とはいえ、山間部の夜は冷え込む。うっかり寝入ってしまったら、凍死しかねない。

それに、山に棲む獣たちに襲われる心配もあった。

猪や鹿なら追い払うこともできるだろうが、熊が現われたら、喰い殺されてしまうかもしれない。さすがに不安だった。

見城は闇に目を配りながら、まんじりともしなかった。幾度か暗がりの奥に獣の目が光ったが、近寄ってはこなかった。

少し経つと、朝陽が眩く輝きはじめた。

見城は肘を張って、徐々に上体を起こした。一動作ごとに、体のあちこちが疼いた。しかし、我慢できない痛みではなかった。

三、四十メートル先に細い川があった。川面は白くきらめいている。

その向こう側は、切り立った断崖だった。こちら側より、はるかに傾斜が鋭かった。

見城は周囲を見回した。

斜め後ろに、ぎざぎざに尖った岩があった。そこまで、尻で進む。

見城は岩の角にプラスチック手錠のベルトの部分を当て、強く擦りはじめた。

五、六分で、ベルトは切れた。手錠の爪を外す。両手首には、手錠の痕がくっきりと彫り込まれていた。

見城は岩を両腕で抱き込み、ゆっくりと立ち上がった。

だが、歩けるほど体力は回復していなかった。すぐに岩に腰かけた。

無性に煙草が喫いたかった。しかし、ロングピースとライターは粟野町（現・鹿沼市）の山荘で脱いだ綿パーカの中だ。

見城はスラックスのポケットを検べてみた。

運転免許証は、左のヒップポケットに突っ込まれている。右の前ポケットには、二つ折りにした紙幣がそのまま入っていた。三十万円近くあった。

いったん外されたコルムは、左の前ポケットに入っていた。見城は、その腕時計を左手首に嵌めた。時計の針は午前六時十一分を指している。

もう少し体力が回復したら、崖をよじ登って、あの古い洋館に乗り込もう。

見城は、岩の目立つ崖を振り仰いだ。

だいぶ高さがあった。傷ついた体で崖の上まで登れるかどうかはわからなかった。しかし、谷底から脱出するには、それしか方法がない。川伝いに下流まで歩くだけの体力も気力もなかった。

七時になった。

見城は腰を上げた。痛む体を庇いながら、斜面を登りはじめた。岩や大木に凭れて、何度も休まなければならなかった。

それでも見城は、決して諦めなかった。少しずつ登りつづける。

小一時間近くかかって、ようやく崖の上に這い上がった。汗みどろだった。

山道を下りはじめる。洋館までの道筋は、おおむね記憶していた。前夜、揺れる車の中で道順や地形をしっかりと頭に刻みつけておいたのだ。

十分ほど歩くと、前方から見覚えのある車が登ってきた。

ビッグホーンだった。見城が借りたレンタカーだ。

ステアリングを握っているのは、スポーツ刈りの男だった。助手席には、獅子のような面相をした相川が坐っていた。

二人は口髭を生やした登坂に命じられ、見城が死んだかどうか確かめにきたのではないか。

見城は、ひとまず繁みに身を潜(ひそ)めるつもりだった。

だが、運悪く相川に姿を見られてしまった。見城は身構えた。

相川が運転席の星に何か言った。すぐに四輪駆動車が急停止し、二人がビッグホーンの両側から飛び出してきた。

相川はイサカの散弾銃(ショットガン)を手にしていた。アメリカ製のショットガンだ。星が腰から引き抜いたのは、トカレフだった。

弾(たま)切れになるまで、ちょっと走ることにした。見城は右側の山林の中に走り入った。

相川と星が怒号を放ちながら、凄まじい形相(ぎょうそう)で駆けてくる。見城は敵のいる位置を目で確認しながら、樹木の間を走り回りはじめた。

最初に火を噴いたのは相川の散弾銃だった。

重い銃声が大気を震わせた。扇状に散った九粒弾が梢(こずえ)や小枝を砕いた。何発かは樹の幹にめり込んだ。

星もトカレフの引き金(トリガー)を絞った。

銃口炎(マズル・フラッシュ)は十センチ近かった。威力のある旧型のトカレフらしい。そのタイプのトカレフは、弾道が不安定だった。

放たれた銃弾は、見城から七、八メートルも離れた喬木に当たった。樹皮が弾け飛んだ。

見城は大木に身を寄せ、二人の動きを見守った。

相川と星は何か短く言い交わし、どちらも銃口を下げた。二人はビッグホーンに駆け戻っていった。応援を求めるつもりだろう。

見城は斜面を下り降り、山道に戻った。

すでにレンタカーはUターンし終えていた。見城は追わなかった。ゆっくりと山道を下る。

しばらくしてから、見城はふたたび右手の山林の中に入った。そろそろ敵が引き返してくると思ったからだ。

山道と並行する形で歩きつづけた。しかし、いくら下っても、相川たちは引き返してこなかった。

さっき派手にぶっ放したので、危いと思ったようだ。見城はそう判断し、また山道を歩きはじめた。

数十分下ると、眼下の林の中に古びた洋館が見えてきた。ヨーロッパ調の造りだった。尖塔のオレンジ色の瓦は色褪せ、何枚か欠けている。

ドーマー窓の白い枠もペンキが剥げ落ちていた。外壁は、樺色の磁器タイルだった。

しかし、だいぶ煤けている。

あの洋館の所有者を調べれば、気賀たち四人組の正体がわかるだろう。男たちは六日前、谷倉山にいったい何を落としたのだろうか。

見城は歩きながら、ふと考えた。

気賀たちは事件現場にうっかり落としてしまった何かから、足がつくことを非常に恐れているようだった。その遺留品は、四人組を操っている首謀者の物なのかもしれない。

やがて、見城は怪しい洋館にたどり着いた。

近くで見ると、ひどく見すぼらしい。まるで幽霊屋敷だ。

広い前庭にはビッグホーンが放置されているだけで、ほかの車は一台も見当たらない。人の姿もなかった。気賀たちは逃げたようだ。

見城は細心の注意を払いながら、洋館に近づいた。

やはり、動く人影はない。見城は玄関から館の中に足を踏み入れた。大広間を通って、モニターのあった部屋に足を向けた。

その部屋には何もなかった。

両隣の洋間も無人だった。埃塗れの家具が乱雑に置かれているきりだ。

見城は警戒しながら、地下に降りた。

檻に似た小部屋は昨夜のままだったが、嬲(なぶ)り殺された女たちの死体は転がっていなかった。ハードマットレスもどこかに運び出され、コンクリートの床はきれいに洗われていた。

天井に設置されていたビデオカメラも消えている。

連中は夜が明けるまでに、秘密快楽殺人クラブの痕跡をいっさい拭(ぬぐ)い消したのだろう。気賀たち四人で、短い時間にそれだけのことはやれない。敵の組織は、かなり大きいのだろう。侮(あなど)れない。

見城は自分に言い聞かせ、改めて洋館の中をくまなく検(しら)べてみた。

浴室のタイルは湿っていたが、シャワーノズルやカランはなかった。台所の水道の蛇口もなかった。照明器具も外されている。

どの部屋にも、きのう、人がいた痕跡はうかがえなかった。

見城は庭に出た。敷地は千坪あまりありそうだったが、荒れ果てていた。庭木は伸び放題に伸び、雑草がはびこっている。

庭の外れの雑草の中に、ピンクのサンダルが片方だけ落ちていた。女囚の誰かが履(は)いていたものだろう。

真杉知佐子たち五人の女囚が、この古びた洋館にいたことは間違いなさそうだ。

知佐子たちは、ここに匿（かくま）われていたのか。そして、五人が散り散りに逃亡したのだろうか。そうだとしたら、付近の者がひとりぐらいは女囚を見かけていてもよさそうだ。

なぜ、片方だけサンダルが落ちていたのか。

気賀たち四人が、知佐子たちを別の場所に強引に連れ去ったのだろうか。そのとき、女囚の誰かが片方のサンダルを落としたとも考えられなくはない。

あるいは知佐子たち五人は昨夜の女たちと同じように、すでに快楽殺人の犠牲になってしまったのだろうか。

確かな根拠があるわけではなかったが、その悪い予感は見城の内部で次第に膨（ふく）らみはじめた。女囚の姿を見た者がいないという事実が、その思いを強めたのかもしれない。

見城は、さらに庭を歩き回ってみた。

すると、裏庭の片隅に石灰（せっかい）のような白っぽい粉が見えた。見城は屈（かが）んで、目を凝（こ）らした。粉の中に、小さな骨の欠片（かけら）が混じっていた。人骨の一部だろう。

気賀たち四人は快楽殺人の生贄（いけにえ）にした女たちの死体を焼いて、ここで焼け残った骨をハンマーか何かで粉々に叩き潰（つぶ）していたようだ。

見城は立ち上がり、焼却炉を探しはじめた。

それは、北側の角にあった。だが、焼却炉全体が赤く錆（さ）びつき、煙突にも穴が開いていた。最近、使われた様子はなかった。女たちの遺体は小さく切り刻まれ、この敷地のどこかに埋められたのか。

見城はもう一度、広い庭を歩き回ってみた。

土を掘り起こしたような場所は一カ所も見当たらなかった。切り削（そ）がれた死体の肉は、どこか遠い山の中にでも埋められたのだろうか。とりあえず、この洋館の所有者を調べてみることにした。

見城は車寄せのビッグホーンに歩み寄った。

車の鍵（キー）は差し込まれたままだった。しかし、見城はすぐには四輪駆動車のドアを開けなかった。爆破装置を仕掛けられた可能性もある。

見城は車体に耳を押し当てた。タイマーの針音は聞こえなかった。ウインドーシールド越しに、車内を細かく点検する。

シートの位置はおかしくない。ダッシュボードにも異状はなさそうだ。気になるコードも目につかなかった。

見城は車体の下も覗いてみた。

妙な細工は施（ほどこ）されていない。ブレーキエンジンの油（オイル）も垂れてはいなかった。

見城は車のドアを開け、静かに運転席に坐った。

イグニッションキーを回すとき、いくらか緊張した。だが、エンジンは軽やかにかかった。見城は胸を撫で下ろし、ビッグホーンを走らせはじめた。

昨夜、スポーツ刈りの星はここが霧降高原であると口を割った。しかし、それが事実かどうかはわからない。仮に霧降高原だったとしても、どのあたりにいるのか見当がつかなかった。

見城は山道をひたすら下った。

二十分ほど走ると、霧降高原スキー場と書かれた大きな看板が雑木林の際に立っていた。だが、あたりにスキーロッジは見えなかった。リフトのケーブルも見当たらない。

雑木林の前は、畑になっていた。大根畑だった。手拭いを頭に被った七十歳過ぎの老女が腰を屈めて、大根を引き抜いていた。

見城は車を畑の横に停め、パワーウインドーを下げた。

「ちょっと伺います。このあたりは霧降高原ですよね？」

「そうだども……」

老女が腰を伸ばして、皺だらけの額に小手を翳した。朝陽が顔半分を照らしていた。

「ドライブ中にちょっと道に迷っちゃいましてね。日光市に抜けるには、どう行けばいいんでしょう？」

「まっすぐ進むと、県道に出るの。そしたら、左に曲がって、三つ目の交差点を今度は右折するんだわ。そうすっと、じきに霧降高原道路があるの。それを南に下れば、日光市だわ」

「ありがとうございました。そうそう、この奥の山の中に洋館がありますよね。どなたかの別荘なんでしょ？」

見城は、ついでに訊いてみた。

「あそこは昔、座敷牢みたいなとこだったの。戦前、貴族院議員だった氏家慶喜って鉱山主が脳梅毒に罹った息子と性病をうつされた三人のお手伝い女をあの洋館に閉じ込めておいたって話よ」

「その息子さんたちは？」

「昭和二十八、九年には、四人とも狂い死にしたそうなの」

「それじゃ、あの洋館の持ち主は氏家という方の身内なんですね？」

「氏家慶喜さんが亡くなってから、洋館は麓の村にそっくり寄贈されたの。でも、利用価値がないので、放ったらかしになってるのよ」

「座敷牢のある屋敷じゃ、なんとなく……」

「そう、薄気味悪いもんね。でも、いよいよ解体されるようよ。三週間ほど前から、東京の車がよく洋館に出入りしてるから」

老女が言った。

「解体業者のトラックが行き来してたのか」

「そこまではわからないけど、トレーラーやワゴン車なんかがね」

「そうですか。手を休ませてしまって、どうも申し訳ない！」

見城は詫びて、レンタカーを発進させた。

内心、少し落胆していた。洋館の所有者から四人組の正体を割り出すことが困難になったからだ。

露木芽衣子に誘い込まれた粟野町（現・鹿沼市）の山荘に行ってみる気になった。

見城はビッグホーンを走らせはじめた。野良仕事をしていた老女に教えられた通りに進むと、やがて霧降高原道路にぶつかった。

見城はルームミラーとドアミラーを注意深く見ながら、そこまで走った。不審な追尾車はなかった。

高原道路は割に短かった。日光ホリデイランドの前の県道十四号線を走り、日光市の市街地を抜け、鹿沼方面に進んだ。

鹿沼市の外れから、足尾方面に抜ける県道をひた走りに走り、谷倉山に向かう。

目的のアトリエに着いたのは九時半ごろだった。

山荘の玄関ドアはロックされていなかった。居間に入ると、見城の綿パーカが脱いだときのままになっていた。見城はたてつづけにロングピースを二本喫い、山荘の中をチェックしてみた。

だが、露木芽衣子と称した謎の美女と気賀たち四人に繋がるような物は何も遺されていなかった。玄関を出ようとすると、地元の人間らしい五十二、三歳の男が怖い顔つきで立っていた。

「あんた、他人の山荘に勝手に入っちゃ、困るよ」

「ここは、あなたのアトリエですか？」

「いんや、この山荘は東京の版画家の先生のセカンドハウスだよ。わたしは、先生に管理を頼まれてる者だ。あんた、どうやって中に入ったの？」

「ドアは開いてたんですよ。実は……」

見城は経緯を話した。口を結ぶと、男が言った。

「そんな名前の女は知らないね。先生の友人なんかじゃないだろう。高萩一賢先生は八十一歳だからな」

「そんなに高齢なのか」

「あんたをここに連れ込んだとかいう女は予め鍵を用意しといて、勝手に上がり込んだんだろう。ここの鍵は、ごくありふれた物だからさ。その気になれば、簡単に合鍵は作れる。それはともかく、そんな目に遭ったんだったら、警察に届けたほうがいいな」

「そうですね」

見城は曖昧に答え、レンタカーに走り寄った。

すぐにエンジンを始動させ、谷倉山のループ状の道を登りはじめた。もう一度、事件現場に行ってみる気になったのだ。四十分ほど走ると、見覚えのあるアウディが視界に入ってきた。きのうとまったく同じ状態だった。

見城は四輪駆動車をアウディのそばに停め、すぐに外に出た。

ナンバープレートの数字をメモし、運転席のウインドーシールドを蹴破った。ドア・ロックを外し、グローブボックスを開けてみる。車検証は入っていなかった。

見城はビッグホーンに戻り、五、六十メートル先まで走らせた。

ふたたび車を降り、繁みに足を踏み入れる。ベンソン&ヘッジの吸殻があった場所を中心にして、周りの下草まで入念に掻き分けてみた。しかし、やはり遺留品らしい物は落ちていなかった。

諦めかけたとき、見城はふと鴉が光る金属片やガラス玉に興味を示し、それらを拾い集める習性があることを思い出した。

遺留品がその類の物だったとしたら、鴉以外の鳥か小動物が拾って、どこかに隠したとも考えられる。

見城は近くの櫟の大木によじ登り、あたりの樹木の小枝を透かして見た。

しかし、鳥の巣はどこにもなかった。見城は地上に降り、今度は木の根方を一本ずつ見ていった。

リス科の小動物には、掻き集めた木の実を根方のそばの土の中に貯蔵しておく習性がある。その習性は冬枯れの季節に多く見られるようだが、春にも自分の餌をせっせと貯える小動物もいるのではないか。

見城は繁みの奥まで歩いた。

二十数本目に見た楢の大木の真下の土が少し盛り上がっていた。見城は枯れ枝で、その場所を掘り返してみた。すると、焦茶のどんぐりの上に青い木の実と一緒にエメラルドの耳飾りが片方だけ転がっていた。

芽衣子と名乗った女が落としたイヤリングをリスが何かの木の実と勘違いしたのだろうか。

見城は綿パーカのポケットからハンカチを取り出し、緑色に光るイヤリングを抓み上げた。プラチナの留具(とめぐ)には、うっすらと指紋が付着していた。

これを百面鬼に渡して、警察庁の指紋データベースに該当者がいるかどうか調べてもらおう。自称芽衣子の正体を必ず暴(あば)いてやる。

見城はハンカチでくるんだイヤリングをパーカのポケットに突っ込み、レンタカーに駆け戻った。

3

消毒液が傷口に沁(し)みる。

見城は奥歯を喰いしばった。擦り傷だけではなかった。十数カ所、浅い裂傷を負っていた。自宅兼事務所の居間である。

シャワーを浴びた直後だった。トランクスだけしか身につけていなかった。

栃木からローバーで戻ったのは数十分前だった。時刻は午後一時を過ぎていた。

都内に入って間(ま)もなく、見城は百面鬼の携帯電話を鳴らした。

やくざ刑事は、きのうのうちに八王子の医療刑務所の刑務官から面会人のリストを手に入れてあった。五人の女囚のうち面会人が訪れたのは、真杉知佐子だけだったらしい。面会人は知佐子の母親と弟、それに小柴淳の三人だったという。

しかし、百面鬼の知り合いの刑務官の話によると、小柴と面会人名簿に書き残した人物は長身で、三十三、四歳だったらしい。ゲイバーのママとは明らかに別人だ。

小柴の名を騙ったのは、四人組のリーダー格の気賀という男ではないか。しかし、それを裏付けるような材料は何もなかった。

間もなく百面鬼が来るはずだ。

見城は打撲した箇所にコールド・スプレーを噴きつけ、手早く衣服をまとった。

それから十分ほど経つと、百面鬼が勝手に部屋に入ってきた。

「エメラルドのイヤリング、取りに来てやったぜ」

「悪いな。こいつだよ」

見城は長椅子に横になり、コーヒーテーブルの上に置いた耳飾りを指さした。

百面鬼がソファにどっかりと坐り、ハンカチを押し開いた。きょうは、サーモンピンクの背広を着ていた。腕時計は、ダイヤをちりばめたオーデマ・ピゲだった。ある暴力団の組長から脅し取ったという代物だ。

「いいエメラルドじゃねえか。こいつは安かねえぞ。新宿署の鑑識の奴が指紋採取し終わったら、こいつをおれにくれや」

「ビル持ちの絹子さんにプレゼントする気だな?」

「当たり!」

「しっかりしてるな、百さんは。しかし、片方だけじゃ困るんじゃないの?」

「こいつをうまくカットさせて、指輪に作り直させるんだよ。台座のプラチナなんか、そう高えもんじゃねえからな。おれも、ちったあ点数稼げるよ」

「百さんも、やることがセコくなったね」

「そっちと違って、おれはリッチじゃねえからな。で、どうなんでえ?」

「くれてやるよ。ただし、加工に出す前にエメラルドを留具から外してみてほしいんだ。もしかしたら、宝飾店名が刻まれてるかもしれないからさ」

見城はそう言って、煙草をくわえた。

「宝飾店から、露木芽衣子って女の正体を割り出そうってわけか」

「そうだよ」

「それにしても、見城ちゃんもドジだぜ。見え見えの色仕掛けに引っかかるなんてよ」

「今回ばかりは、返す言葉がないね」

「いろんな女と寝てるのに、まったく懲りねえ男だ。こいつは預かるぜ」

百面鬼がエメラルドの耳飾りをハンカチで大雑把に包み、上着の右ポケットに入れた。

「指紋の照合をよろしく！」

「電話で言ってたように、女囚たちを脱走させた連中が変態どもに快楽殺人をやらせて、そのシーンをビデオに撮ってたとなりゃ、獲物がいっぱいいるんじゃねえの？」

「そうだね」

見城は言って、くすっと笑った。

「なんだよ、急に妙な笑い方をして。頭をさんざん蹴られたんで、おかしくなっちまったんじゃねえのか」

「変態の百さんが、洋館にいたサディストどもを変態だなんて言ったから、噴き出しちまったんだよ」

「おれは変態じゃねえぞ。並の男より、少し想像力が豊かなだけだって」

「いつも覆面パトのトランクに何枚も喪服を積んでる百さんは、どう考えてもノーマルじゃないよ」

「そういうけど、真っ白い女の肌と黒い着物とのコントラストは刺激的だぜ。ほかの野郎たちが女に黒いパンティーを穿かせたがるのと変わらねえと思うがな」

百面鬼が言って、葉煙草に火を点けた。

「アウディのナンバー照会の結果は？」

「おっと、言い忘れるとこだったぜ。やっぱり、盗難車だったよ。三日前に目黒の柿の木坂で盗られたんだ。持ち主は、なんとかって女の声楽家だったな」

「そう」

見城は短くなった煙草の火を消した。

「そっちから聞いた話を整理してみると、どうも真杉知佐子たち五人はもう死んでるような気がするな」

「おれも、そんな気がして仕方がないんだ。気賀たち四人は最初っから五人の女囚をマインドコントロールした男たちに殺させる目的で脱走させたんじゃないのかな」

「捜査本部に知佐子たちを見たって情報がまったく入ってねえみたいだから、その線が濃厚だよ。問題は、女たちの死体をどう処分したかだ」

「おれが洋館の裏庭で見たのは、人骨の欠片だと思うよ。マイクロ波を使った大型焼却器で人体を焼く場合は、骨まで灰になるらしいから、わざわざ砕く必要はないわけだよね？」

「そうだな。肉と骨をバラバラにしたってことは、もしかしたら、死んだ女たちの肉を喰いたがる野郎がいたのかもしれねえぞ」

「人肉喰い(カニバリズム)は歪(ゆが)んだ考えを持つ一部の人間にはこの世で最も刺激的な行為だろうが、タブー中のタブーだ」

「確かに、そこまでやっちまう野郎はほとんどいねえだろうな。飢えに飢えた戦時中の兵隊が南洋の島で、死んだ仲間の肉を詫びながら、喰っちまったなんて話もあるが、時代が違うからなあ」

　百面鬼がそう言って、葉煙草の火を揉み消した。

「地下室の檻の中で女を嬲り殺しにした男たちは気賀たちに明らかに薬物を投与されてたようだったが、それだけであんな残虐な行為に走れるもんだろうか」

「真偽の確かめようはねえけど、冷戦時代にはアメリカと旧ソ連がそれぞれ平均的な市民を精神攪乱剤でアドレナリンの分泌を急激に盛んにさせて、ものすごく攻撃的な性格にしちまう生体実験が行われてたらしいぜ。その種のマインドコントロール剤の試薬は、何十種類もあったそうだ」

「それに似た話は、おれも科学雑誌か何かで読んだことがあるよ。遺伝子のデオキシリボ核酸そのものにバイオ的な手を加えて人格を分裂させるなんて話とか、脳に埋め込んだバイオチップと骨伝導マイクをうまく連結させて殺人指令を出すなんて話まで載ってたな」

「ふうん」

「それから、これはイギリスの特殊部隊が拷問用に開発した特殊装置らしいんだが、その装置は対象者の網膜にそいつの呼吸、心拍、脳波のリズム波長をカラフルに送りつけて、苛立ちと怒りを与え、精神を分裂させちまうんだってさ」

「気賀とかいう奴が、ロシア・マフィアあたりからマインドコントロール剤の試薬でも手に入れたんじゃねえのか。それか、人格を変えちまうような特殊な拷問マシーンをな」

「ちょっと荒唐無稽のようだが、奴らは引っ張り込んだゲストの男たちにそれに近いことをやったのかもしれないね」

「あり得ない話じゃねえよな。それはそうと、見城ちゃん、きょうはおとなしく寝てろや」

「そうするよ」

見城は言った。

「なんだったら、里沙ちゃんを呼んで、看病してもらえや」

「そいつは、やめとくよ」

「なんで？」

「好きな女に心配させたくないんだ」

「それなら、ひとりで傷の回復を待てや。おれは署に顔を出して、イヤリングに付着してる指紋(モン)をちょっと……」

百面鬼がソファから腰を浮かせ、玄関ホールに向かって歩きだした。

見城は百面鬼が辞去すると、またロングピースに火を点けた。

ふと依頼人の真杉豊に電話をする気になったのは、煙草の火を消したときだった。見城は長椅子から起き上がり、スチールのデスクまで歩いた。

見城は机に向かって、真杉の勤めている銀座の高級レストランに電話をかけた。

待つほどもなく依頼人が電話口に出た。

「姉貴が見つかったんですか？」

「いや、そうじゃないんだ。ちょっと訊きたいことがあったんで、電話したんだよ」

「そうですか」

「実は谷倉山の事件現場に行ってきたんだ」

見城は言った。

「それで、何か手がかりは？」

「大きな手がかりは摑めなかったんだが、どうも姉さんたちは悪い連中の罠(わな)に嵌まったようなんだよ」

「罠ですか」

真杉が驚きの声を洩らした。

見城は昨夜の出来事をつぶさに語り、依頼人に問いかけた。

「姉さんの口から、気賀って名を聞いたことは？」

「ありません」

「それじゃ、登坂、相川、星なんて名はどう？」

「いいえ、ないですね」

「露木芽衣子という名にも聞き覚えはない？」

「ありません」

「そうか。知佐子さんは栃木県に土地鑑がある？」

「ヒモだった矢端が黒磯（くろいそ）の牧場主の倅（せがれ）でしたから、少しはあるかもしれませんね。姉貴は栃木県内のどこかに監禁されてるんでしょうか」

「それは、なんとも言えないな。もしそうだとすれば、四人組の目を掠（かす）めて逃亡を図る気になるかもしれないなと思ったんだよ」

「そうですか」

真杉の声のトーンが落ちた。

「きみが面会に行ったとき、知佐子さんはほかの面会人のことを何か話さなかった？」

「何も言いませんでした」

「ほかの四人の女囚については？」

「いいえ、まったく話しませんでしたね」

「そうか。ところで、姉さんは何か大きな手術を受けたことがあるかな」

「バス会社に勤めてたときに階段から落ちて、腰の椎間板を潰してしまったんですよ。潰れたところに、補強用の軽金属を埋める手術をしたことがあります」

「それは、いまも体内に埋まってるんだね？」

「ええ、永久に外せないものらしいんです。そのときの手術痕が腰に残ってるはずです」

「手術痕の大きさは？」

「一円玉ぐらいの大きさだって、いつか母が言ってました。それ以外は手術を受けたことはないと思います」

「そう。きょうは一応、中間報告ということで……」

見城は先に電話を切った。

椅子から立ち上がったとき、部屋のインターフォンが鳴った。見城は数メートル歩き、壁掛け型のインターフォンの受話器を取った。

訪ねてきたのは毎朝日報の唐津誠だった。

刑事時代からの知り合いの新聞記者である。四十二歳の唐津は社会部のエリート記者だったが、離婚を機に自ら遊軍記者を志望した変わり種だ。

「おや、珍客だな」

「この近くまで来たんだが、取材拒否されてしまったんだ。で、おたくの顔を見に来たんだよ。忙しいかい？」

「いいえ。どうぞ入ってください、ドアは開いてますんで」

「それじゃ、ちょっとお邪魔しよう」

唐津の声が途絶えた。

見城はインターフォンの受話器をフックに掛け、玄関ホールまで迎えに出た。玄関ドアが開き、薄手のツイードジャケットを着た唐津が入ってきた。

ワイシャツは形態安定を売り物にしたテトロンと綿の混紡だった。

型崩れこそしていないが、どこか野暮ったい。スラックスの折り目も消えている。ネクタイも曲がっていた。もともと服装に気を配るタイプではなかったが、離婚後は一段とだらしなくなった。髪の毛も、ぼさぼさだった。

「痣だらけの顔して、どうしちゃったんだ？」

唐津が、どんぐり眼を瞠った。

「酔った勢いで、ちょっと立ち回りを……」

「そんな感じじゃないな。また誰かの悪事を嗅ぎ回ってて、逆に痛めつけられたんじゃないのか？」

「人聞きの悪いことを言わないでほしいな。まるでおれが何か悪さをしてるみたいじゃないですか」

見城は笑顔で文句を言った。

「悪さをしてるんだろ、新宿署の雲入道とつるんでさ」

「おれが百さんとよく会ってるのは、女装クラブのイベントの相談をしてるからですよ」

「あの生臭坊主に本当に女装趣味があるんだったら、おれは笑い転げるだろう。おたくらは何かやってるはずだ。探偵や刑事にしては、遊び方が派手だからな」

「二人とも借金しながら、遊んでるんですよ。百さんもおれも粋な生き方に憧れてるんでね。妙な疑いを持たれるのは心外だな」

「相変わらず、喰えない男だ」

唐津が西洋人のように、大仰に肩を竦めた。

見城は苦笑し、唐津をリビングソファに坐らせた。冷蔵庫から缶ビールを二本取り出し、自分も長椅子に腰かけた。

「調査の仕事は、どうなんだ？」

「まあ、まあですね。唐津さんは、なんの取材で渋谷に？」

「この先の青葉台に、進歩的文化人の代表選手なんて言われてる風巻泰輔の自宅があるんだよ」

「ああ、あの有名な文明批評家ですね。名前はよく知ってますよ。哲学者で、翻訳家でもあるんでしょ？」

「その風巻泰輔がきのうの午後、マスコミ各社にファクスで〝新保守派宣言〟を送りつけたんだ。これまでの左翼思想は幻想に過ぎなかったことに気づいたから、右寄りに転向するとね」

唐津がそう言いながら、ハイネケンのプルタブを引き抜いた。

「東西の対立という図式がいまや完全に崩れたわけだから、進歩派と呼ばれてる言論人も挫折感を味わってるんでしょう。自分が信奉してたイデオロギーに懐疑的になったり、見直す気になったとしても、別段、不思議でもないでしょ？」

「しかし、風巻は筋金入りの左翼思想家だったんだ。戦前は何回も投獄されたし、七十九歳の今日まで一貫して民主的な社会主義体制を望んでたんだよ。それが、いまになって急になぜ……」

「確か風巻は旧財閥の大番頭の息子ですよね。戦後はかなり実家も落ちぶれたようですが、彼は相当な資産を親から譲り受けてるはずです。現に庶民が羨むような優雅な暮らしをしてる。意地の悪い言い方をすれば、所詮は〝いいとこのお坊ちゃん〟です」

「風巻が左翼思想にかぶれたのは、恵まれた家庭に生まれた自分に対する一種の免罪符だったと……」

「そういう側面もあったんじゃないかな。だから、本来は保守的な体質なのに、無理をしてたってこともあるような気がしますね」

見城も缶ビールのプルタブを抜き、喉を潤した。

「おたくが言ってることにも一理あると思うが、老い先が長くないというのに、何も転向宣言までする必要はないだろう」

「風巻は、そうすることが言論人としての責任だと思ってるんでしょう」

「そうなのかもしれないが、ちょっと引っかかるんだよな。というのは、歴史学者の大木戸寛が近代史の記述に歪みがあったから、高校の教科書の削除と改訂を弁護士を通じて教科書会社に申し入れたんだよ」

「つまり、大木戸は第二次大戦は侵略戦争だったと公言した自分の史観は誤りだったというわけですね？」

「そうなんだよ。日本軍がアジアの民（たみ）を解放した側面もあったのではないかと遠回しな言い方ながら……」

「そんなことを口走って、大臣職を失った国会議員が何人かいたな」

「ああ、いたね。保守系のタカ派議員なら、そういう暴言も吐きかねないが、進歩派の歴史学者が、なんだって急にクレージーなことを言い出すんだい？　おれは、それが理解できないんだよ」

唐津が言って、ビールをぐっと呷（あお）った。

「半分冗談ですが、巨大な組織が言論統制を企（たくら）んでるのかもしれませんよ。どんなに高潔（こうけつ）な言論人だって、生身（なまみ）の人間です。弱点のない者はいないでしょ？」

「なるほど、言論統制か。それ、考えられるね。連立政権の危（あや）うさを憂慮（ゆうりょ）してる財界人は少なくないし、右寄りの官僚なんかは展望のない仲良しごっこに苛立（いらだ）ってるからな」

「唐津さん、大真面目（おおまじめ）に考えないでくださいよ。おれは冗談のつもりで言ったんですから」

「いや、言論統制を企てる人間が出てきても不思議じゃないよ。社会がこれだけ混迷してるからな」

「妙なことを言ってしまったな。それより、栃木の事件(ヤマ)はどうなってるんです？」

見城はビールを半分ほど空(あ)け、さりげなく探(さぐ)りを入れた。

「行方不明の五人の女性受刑者の中に、昔の彼女でもいたのか？」

「そういうわけじゃないんですが、あの囚人護送車襲撃事件はなんかミステリアスでしたからね」

「確かにミステリアスだよな。消えた五人の女性受刑者を目撃したって証言がまったくないって言うんだからさ」

「唐津さんは女囚って言い方をしないですね。女囚って言葉は、差別語になるのかな」

「差別語にはなってないよ。しかし、なんとなく暗いイメージがあるじゃないか。だから、おれは受刑者とか服役者という言い方をしてるんだ。犯罪そのものはいいことじゃないが、犯罪者を特別視したくない。特別視からは、偏見しか産まれないじゃないか

──なあんてね、柄にもないことを言っちゃったな」

唐津が照れ笑いをして、缶ビールを傾けた。

「いい話を聞いたな。それはそうと、毎朝日報さんは栃木の事件(ヤマ)には東京本社からも記

者を大勢、投入してるんでしょ？」

「ああ。宇都宮支局の人間だけじゃ、心許(こころもと)ないからな。専従の記者が十何人かいるよ。おたく、妙にあの事件(ヤマ)に関心を示すな」

「元刑事の習性で、ちょっとね」

「それだけかい？　おたくは、遣(や)らずぶったくりだからなあ。少し気をつけないとな」

「何を言ってるんです」

「あの話は、どうなった？　ほら、おれを高級ソープに案内してくれるって件だよ。スクープ級の情報(ネタ)をいろいろ流してやったんだから、本気で考えてくれよな」

「相当、女に飢えてるようですね」

「飢えてる、飢えてるんだ」

「はっはっは。唐津さん、飲みましょう。ビールを取ってきます」

見城は長椅子から立ち上がった。

「おれを酔わせて、また何か情報(ネタ)を喋らせる魂胆(こんたん)だな。何も知らないぞ、おれは。それより、これから高級ソープに連れてってくれ」

「素面(しらふ)じゃ、店に入りにくいでしょ？　もう少し飲みましょうよ」

見城はダイニングキッチンに向かった。

唐津の勘は当たっていた。見城は、気のいい新聞記者から何か情報を引き出す気だった。

4

鼾が凄まじい。

酔い潰れた唐津は、長椅子でついに寝込んでしまった。口は半開きだった。

「まいったな」

見城は苦笑した。

コーヒーテーブルには、ウイスキーの空き壜が二本転がっている。シングルモルトのスコッチとテネシー・ウイスキーだ。

缶ビールでは、唐津はなかなか酔わなかった。それで、ウイスキーに切り替えたのだ。

唐津はハイピッチで飲みつづけた。

ストレートだった。チーズを齧りながら、ひたすらグラスを重ねた。酒には強い唐津も、次第に酔いが回りはじめた。

見城は事件のことを探りはじめた。遊軍記者の唐津が栃木の囚人護送車襲撃事件にも関心を抱いていると読んだからだ。

しかし、唐津もなかなかの役者だった。

すぐに話題を逸らし、別れた妻のことを延々と語りだした。まだ元妻に未練があるようだった。唐津は離婚したことを悔やみながら、ウイスキーを浴びるように飲んだ。そして、とうとう酔い潰れてしまった。二、三時間、眠らせてやろう。

見城はソファから立ち上がった。

窓の外は暗かった。午後六時半を過ぎていた。

見城は抜き足で寝室に入り、買いおきの新しい毛布を取り出した。

その毛布を唐津の体にそっと掛けてやり、すぐに寝室に舞い戻った。ナイトスタンドの灯だけ点け、自分もベッドに横たわる。

アルコールのせいで、いくらか痛感が鈍くなっていた。とはいえ、体を大きく動かすと、傷口が疼いた。少し眠りたい。

見城は目をつぶった。

うとうとしはじめたとき、二基の電話が鳴った。ホームテレフォンだ。反射的に見城は、サイドテーブルの上の子機に腕を伸ばした。

「わたしよ」

伊豆美輪だった。

「きみか」

「うっとうしそうな声ね」

「そんなことはないよ。お客さまは、神さまだからな」

「ね、今夜はどう？　体の疼きが収まらないのよ」

「悪いが、きょうも都合が悪いんだ」

見城は小声で言った。唐津の眠りを破りたくなかったからだ。

「調査で張り込みがあるの？」

「いや、ちょっと怪我をしたんだ」

「何があったの？」

「ちょっとな……」

「どこを怪我したの？」

「打ち身で、あちこち痛むんだよ。それから、切り傷もこしらえちまった。しかし、夜のほうの商売道具は何もダメージを受けてないよ」

「それを聞いて、安心したわ。でも、怪我をしてるんだったら、わたしのリクエストには応(こた)えてもらえないわね」

「申し訳ない。そのうち、たっぷりサービスさせてもらうよ」

「ええ、期待してるわ。また連絡します」

電話が切れた。

そのとき、見城は松丸が社会評論家の力石真一郎の自宅で盗聴器を発見したという話を脈絡もなく思い出した。さきほど唐津が話していた風巻泰輔や歴史学者の大木戸寛のことが妙に気になってきた。何者かが言論統制を企んでいるのだろうか。

力石真一郎の自宅に盗聴器を仕掛けた者は、おそらく何か弱みを押さえたかったのだろう。もしかすると、風巻や大木戸の自宅にも盗聴器が仕掛けられていたのかもしれない。

見城は、盗聴器ハンターの松丸の自宅マンションに電話をかけた。

留守録音モードになっていた。仕事で出かけているようだ。見城は、松丸の携帯電話のほうにかけ直した。

スリーコールで、相手が出た。

「松ちゃん、おれだよ」

「どうも!」

「力石真一郎のほかに、誰か言論界やマスコミで働いてる人間から盗聴器探しを頼まれたことはある？」

「いま、毎朝日報の社主の綿貫大輝会長宅にいるんですよ」

松丸が声をひそめた。

「ええっ。盗聴器が仕掛けられてたのか」

「ええ、二個もね。電話線の保安器の中にヒューズタイプのものと、別の電話のモジュラージャックの裏側に二センチ角の超小型盗聴器が……」

「その超小型盗聴器は、通称ブラックボックスと呼ばれてるやつだな」

「そうっす。ただ、秋葉原あたりで売られてる四万円前後の物じゃなく、とっても精巧な物なんすよ。多分、外国製でしょう」

「そうか」

「毎朝日報の東京本社や編集局長とか論説委員の自宅もチェックしてくれって頼まれたんすよ。誰かが、毎朝日報を陥れようとしてるんじゃないっすかね」

「一新聞社だけが狙われてるんじゃなさそうだな」

「どういうことなんす？」

「報道機関、言論人などが狙われてるようなんだ」

見城はそう前置きして、自分の推測を手短に話した。

「そうか、そういうこともあり得そうっすね」

「松ちゃん、何か新情報をキャッチしたら、連絡してくれないか」

「いいっすよ。それじゃ、お客さんとこなんで、これで……」

松丸が先に通話を打ち切った。

見城は受話器をフックに返した。現代社会には夥しい数の盗聴器が氾濫しているが、その法的な規制は弱い。

そもそも〝盗聴器〟という機種は、厳密には存在しない。情報通信機と総称されている発信機や送信機が盗聴に用いられているわけだ。

電波受信機などを使って、携帯電話の通話内容を街頭で傍受しても違法行為にはならない。この手の電波を拾って、他人のプライバシーをこっそり愉しんでいるマニアは数百万人と言われている。

傍受の仕方は、いたって簡単だ。ハンドレシーバーの目盛りを携帯電話はＵＨＦ四百メガヘルツに合わせるだけでいい。子供でもできる。

マニアが他人の会話を傍受するだけなら、罪にはならない。しかし、それを録音して、恐喝の材料にすれば当然、罰せられる。

ＮＴＴなど移動通信体電話の販売をしている会社は傍受対策として、携帯電話などのデジタル化を進めている。

デジタル方式は音声を信号化して、「0」「1」というふうに圧縮して送るため、秘話性能がある。しかし、まだ完璧ではない。傍受マニアの一部は、音声信号を解読してしまう。

他人の家宅に無断で侵入し、俗に盗聴器と呼ばれている各種の発信機や送信機を取り付けた場合は、明らかに法律に触れる。住居侵入罪、電波法・電気事業法・有線電気通信法違反に問われるわけだ。

だが、罪は割に軽い。いずれも懲役一年以下または数十万円の罰金で済む。

そんなこともあって、盗聴行為はいっこうに後を絶たない。

松丸の推計によると、都内だけでも約一万台の盗聴器が設置されているらしい。その分だけ、企業、家庭、学校などで〝秘密〟が盗まれているわけだ。そうしたことを考えると、人間不信の時代だと言えるかもしれない。

誰かが言論統制を企んでいるとしたら、強請れそうだ。いまの調査が片づいたら、本格的に嗅ぎ回ってみるか。

見城は胸底で呟いた。

そのとき、またもや電話が軽やかな着信音を奏ではじめた。見城は素早く受話器を摑み上げた。

「おれだよ」

百面鬼の声だった。

「イヤリングの指紋（モン）はうまく採取できた？」

「ああ。けど、警察庁（サッチョウ）の指紋データベースに該当者はいなかったぜ」

「そいつは残念だな」

「それでさ、エメラルドを外してみたんだよ。そしたら、プラチナの飾り具の裏っ側に、銀宝堂（ぎんぽうどう）の刻印があったんだ」

「銀宝堂というと、銀座四丁目にある有名な宝飾店だね」

「そう。で、さっき銀宝堂に覆面（メン）パトを飛ばして、過去五年間の顧客名簿を見せてもらったんだ」

「露木芽衣子の名は？」

「なかったよ。おそらく、アウディに乗ってた女は偽名を使ったんだろう」

「似かよった氏名の客はいなかった？」

見城は畳みかけた。

「おれも女が自分の本名を少し変えたんじゃねえかと思って、リストを三度も見てみたんだ。けど、類似してる名はなかったよ」

「そうか。百さん、エメラルドを指輪に加工してもかまわないよ」

「そうするつもりで、おれ、知ってる宝石屋に行こうと思ってたんだが、少し前に練馬のおふくろが電話してきてな」

「親父さんが倒れたの？」

「そうじゃねえんだ。弟の幸二がきのう無断外泊して、きょうは東京地裁のほうも無断欠勤してるって言うんだよ」

　百面鬼の弟は裁判官で、杉並区阿佐谷南一丁目にある分譲マンションに住んでいた。妻の陽子は三十歳で、小学校の教師だった。子供はいなかった。

「百さんの弟には二度会ってるが、浮気をするようなタイプには見えなかったがな」

「幸二は浮気なんかできねえよ。女房の陽子に惚れてるし、根が真面目だからさ」

「夫婦喧嘩の腹いせに、無断外泊したなんてことも考えられない？」

「それはねえだろう。もしそんなことになっても、勤め先には何か連絡する奴だよ」

「何か犯罪に巻き込まれたんだろうか」

「おふくろと義妹の陽子はそれを心配して、おれに連絡してきたんだよ。陽子の話によると、弟は数日前にある傷害事件の被告人の友人と名乗る男から脅迫電話を受けてたらしいんだ」

「脅迫電話の内容は？」

「判決を軽くする方向で動かねえと、大怪我することになるって脅されたらしいんだ。幸二が担当してた事件の被告人は右翼団体『愛国青雲党』のメンバーの鶴見尚正って三十一歳の野郎なんだよ」

「その名前には記憶があるな。二カ月近く前に、フリージャーナリストを木刀でぶっ叩いた奴じゃない？」

見城は確かめた。

「そうだ。大怪我させられたのは、名村修って気鋭のライターだよ。大手出版社を何年か前にやめて、フリーになったんだ。三十七歳だったかな」

「その事件のことを思い出したよ。名村というフリージャーナリストは去年の十二月に起こった福井県敦賀市の高速増殖型原子炉〝もんじゅ〟のナトリウム漏れ事故を枕にして、一連の原発事故を告発するノンフィクションを月刊総合誌に発表したことで、右寄りの連中を刺激したんじゃなかったっけ？」

「そう。原子力発電所を造りつづけるなら、国会議事堂の隣に建設しろなんて過激な文章が右翼の連中を怒らせちまったんだよ」

「名村が襲われるのはわかるが、なぜ百さんの弟が脅迫されたんだろうか。検察官が重い刑を求めたってことなら、逆恨みされることもあるだろうが……」

「おれは、事件担当の裁判長にどこかから圧力がかかったと思ってるんだ。それを幸二が嗅ぎ取って、あくまでも公正な判決を下すべきだなんて裁判長に捩込んだんじゃねえのかな」

「それで、被告人の鶴見尚正が所属してる右翼団体が脅迫電話を……」

「その線が濃いな。きっと幸二は『愛国青雲党』に拉致されたにちがいない。本庁の公安部三課で『愛国青雲党』のデータを見て、ちょっと探りを入れてみらあ」

「確か『愛国青雲党』は、武闘派揃いの行動右翼団体だったよね。百さん、ひとりで大丈夫？」

「荒っぽい奴らでも、現職刑事のおれには妙な真似はしねえだろう」

百面鬼は泰然と言った。

「しかし、裁判官を拉致したとしたら、刑事にビビるかね。おれも一緒に行くよ」

「見城ちゃんは、おとなしく寝てろって」

「別に大怪我をしたってわけじゃないんだ。おれも同行するから、どっかで落ち合おう」

「四つも年上のおれを子供扱いする気かよ。いいから、家で寝てなって」

「しかし……」

「そんなわけだから、見城ちゃんの手伝いができなくなっちまったんだ」

「おれの調査のほうは気にしないでいいんだ。手がかりらしいものは何もないが、なんとか気賀たち四人か露木芽衣子と名乗った女を捜し出して、知佐子の生死を確認するよ」

「そうかい。見城ちゃん、ついでに快楽殺人ビデオもしっかり手に入れてくれや。大事な強請の材料だからな」

「欲かいてないで、いまは弟のことだけを考えなよ。たった二人の兄弟なんだから、もっと情を……」

「そうだな。まるっきり性格の違う堅物だが、弟は弟だからな。それにしても、幸二の奴、ドジな野郎だぜ。上司に外部から圧力がかかっても、見て見ぬ振りしてりゃいいのによ」

「百さんとは人間の質が違うんだよ。判事の弟は。とにかく、気をつけてな」

見城は受話器を置いた。

居間から、高鼾が聞こえてきた。

二度も電話がかかってきたのに、唐津は相当な豪傑だ。見城は小さく笑った。

第三章　姿なき脅迫者

1

二頭の番犬が唸りはじめた。

ドーベルマンと土佐犬だった。どちらも後ろ肢を折り、いまにも跳びかかってきそうな姿勢だ。九段の靖国神社の近くにある『愛国青雲党』の党本部事務所だった。

見城は二頭の大型犬を睨みつけ、インターフォンを鳴らした。

午後九時過ぎだった。唐津が帰ると、見城は百面鬼の携帯電話のナンバーをタップした。しかし、なぜか電源は切られていた。

見城は妙な胸騒ぎを覚えた。居ても立ってもいられない気分になり、ローバーを駆って、ここに来たのだ。

少し待つと、草色の戦闘服を着た二十二、三歳の男が現われた。五分刈りで、両方の眉を剃り落としていた。人相はよくない。

「どちらさんです？」

「おれ、鶴見尚正の友達なんだよ」

見城は、もっともらしく言った。

「特攻隊長のお知り合いでしたか」

「鶴見に差し入れをしてやりたいんだが、ちょっと事情があって、面会に行ってやれないんだ。それで、ここの誰かに伝言を頼みたいんだよ」

「わかりました。ここでは何ですから、どうぞ中に入ってください」

戦闘服の男がにこやかに言い、見城に背を見せた。

見城は素早く男の右腕を捩上げ、左腕で首を締め上げた。

「大声出したら、関節が外れるぞ」

「だ、誰なんだ、てめえは？」

男がもがきながら、くぐもり声で訊いた。

「静かにしてろ。ここに、剃髪頭の刑事が来たよな？」

「そんな野郎、来てねえよ」

「時間稼ぎはさせないぞ」

見城は相手の右腕を肩まで一気に押し上げた。

男が動物じみた声をあげた。そのまま相手を押し、事務所の中に入る。

スチールのデスクが四卓とキャビネットが置かれ、壁には明治天皇の写真が飾られていた。そこには誰もいなかったが、奥から二人の男が走り出てきた。

パーマをかけた三十四、五歳の男は、段平を手にしていた。鍔のない日本刀だ。刀身六十センチ前後だろう。鞘は、かなり手垢で黒ずんでいる。

もうひとりの角刈りの男は着流し姿だった。いかにも凶暴そうな顔つきで、六尺棒を持っていた。二十六、七歳だろうか。

「何者なんでえ」

パンチパーマの男が声を張った。

「百面鬼幸二を拉致したのは、おまえらなんだろっ」

「誰なんだ、そいつは？」

「東京地裁の裁判官だよ。幸二の兄貴がここに来たはずだ」

「てめえ、何が狙いで言いがかりをつけに来やがったんだ。おれたちは誰も引っさらってねえし、その裁判官とやらの兄貴なんかも訪ねてこなかったぜ。とっとと帰りな！」

「そうはいかないんだよ」

見城は挑発的な笑みを浮かべ、戦闘服をまとった若い男の右腕の関節を無造作に外した。

眉のない男が凄まじい悲鳴をあげ、体を左右に振った。見城は男を突き倒し、奥から出てきた二人を等分に睨めつけた。

パーマをかけた男が目を尖らせ、段平を抜き放った。

着流しの男は、六尺棒を槍のように構えた。見城は動かなかった。男たちが仕掛けてくるのを待つ気だった。まだ体の傷は癒えていなかったが、充分に闘える自信はあった。

二人の男は荒っぽいことには馴れているようだったが、何か格闘技を心得ているようには見えなかった。さほど手強くはないだろう。

「この野郎！」

着流しの男が喚き、六尺棒をまっすぐ突き出した。

空気が縺れた。見城はわずかに上体を傾け、脇腹を掠めた六尺棒を両手で摑んだ。

押し返すと、相手が両手に力を入れた。そのまま、渾身の力で押しまくってくる。

見城は、ふっと両腕の力を緩めた。

着流しの男が勢い余って、前屈みに突進してきた。見城は散手で、相手の目を攻撃した。突き技は極まった。

男が呻いて、棒立ちになる。

見城は落とし猿臂打ちで男の肩口を沈め、すかさず右膝蹴りを見舞った。狙ったのは、金的だった。睾丸だ。

着流しの男が両手で股間を押さえながら、膝から崩れた。

見城は六尺棒を奪い、棒の先で相手の胸を突いた。男は仰向けに引っくり返った。

「てめえ、叩っ斬ってやる！」

パンチパーマの男が顔面を引き攣らせ、白刃を大上段に振りかぶった。

見城は切れ長の目を片方だけ細め、段平を持った男の額を力まかせに六尺棒で叩き割った。男が唸り声を発しながら、フロアに頽れる。

段平が床に落ち、無機質な音をたてた。男の額は切れ、血の糸が鼻と頬を這っている。

「百面鬼幸二をどうしたんだっ」

見城は六尺棒の先で相手の腹を押さえながら、段平を拾い上げた。

そのとき、背後の空気が揺れた。

見城は小さく振り向いた。戦闘服の男が苦痛に顔を歪めながらも、青銅の灰皿を左手で投げつけてきた。

見城は身を躱し、段平の切っ先を突き出した。若い男が竦み上がり、事務所から飛び出していった。

逃げたのだろう。見城は、そう思った。

しかし、戦闘服の男はすぐに戻ってきた。鎖を解かれたドーベルマンと土佐犬が牙を剝きながら、見城に挑みかかってくる。

二頭は、ほぼ同時に高く跳躍した。

見城は慌てなかった。六尺棒でドーベルマンを薙ぎ払い、段平の峰で土佐犬の面を打った。二頭の番犬はいったん床に落下したが、ふたたび襲いかかってきた。

土佐犬が見城の腿に前肢を掛けた。腿の肉を嚙み千切る気らしい。

見城は白刃を垂直にし、切っ先を土佐犬の首筋に突き立てた。土佐犬が鳴き、床にうずくまった。四肢を激しく痙攣させはじめた。

見城は段平を引き抜いた。

血がしぶいた。ドーベルマンが、見城のスラックスの裾に喰らいついた。狂ったように首を振っている。

「おれを恨まないでくれ」

見城はドーベルマンの首にも刃先を深々と埋めた。

ドーベルマンは床にひれ伏すような恰好になった。すぐに全身が震えはじめた。白目を剝いている。

「お、おれは殺さねえでくれーっ」

戦闘服の男が両手を合わせながら、後ずさりはじめた。

股間が濡れていた。恐怖に負け、尿失禁したにちがいない。男は不安定に揺れる右腕を左手で押さえながら、不意に身を翻した。

見城は六尺棒を出入口の近くに投げ捨て、足許を見た。二頭の番犬は、血溜まりの中で息絶えていた。

「その日本刀を捨てな」

後ろで、パンチパーマの男の声がした。

見城は振り返った。パンチをかけた男は、百面鬼から奪ったと思われるニューナンブM60（現在は使われていない）を両手保持で構えていた。すでに撃鉄は起こされている。

やはり、百面鬼はここに来たようだ。おそらく、この事務所のどこかにいるのだろう。

見城は血刀を中段に構え、パーマをかけた男との間合いを少しずつ詰めはじめた。

着流しの男は、まだ床に転がっていた。もう戦意は萎えてしまったらしい。見城とは目を合わせようとしなかった。

「てめえ、撃(ハジ)かれてえのかよっ」

　パンチパーマの男が大声で凄んだ。

「刑事から奪った拳銃(けんじゅう)を使ったら、おまえは重い刑を背負わされることになるぜ」

「うるせえ」

「拳銃をおとなしく渡せば、この段平におまえの血は吸わせないよ。一発でも撃ったら、二頭の番犬と同じ運命になるぞ」

「ちくしょう！」

「どうする？」

　見城は一気に間合いを詰め、犬の血を滴(したた)らせている白刃を男の太い首に寄り添わせた。

「て、てめえ、ぶっ殺すぞ。離れろ！　退(さ)がれよ」

「引き金を絞ってもいいぜ。ただし、おれもおまえの頸動脈(けいどうみゃく)をぶった斬る」

「くそっ」

　パーマをかけた男の顔は、真っ青だった。

「ここで、仲良く一緒にくたばるか？」

「て、てめえなんか……」

「声が震えてるな」

見城は薄く笑って、撃鉄と実包の隙間に指を入れた。

男が引き金を絞った。倒されたハンマーは見城の指を叩いただけで、薬莢の底には届かなかった。

際どい勝負だった。見城は安堵しながら、男の手からニューナンブM60を捥ぎ取った。百面鬼の物らしい拳銃をベルトの下に挟む。

「段平を離してくれ」

パンチパーマの男が言った。

「客がいるとこに案内しろ！」

「誰だよ、客って？」

「新宿署の百面鬼刑事に決まってるだろうがっ。回れ右をしろ！」

見城は男の頭髪を鷲掴みにし、向こう臑を蹴りつけた。パンチパーマの男が体の向きを変えた。

「大げさに唸ってないで、起き上がれっ」

見城は着流しの男に声をかけた。

男が緩慢な動作で身を起こした。見城は着流しの男を先に歩かせ、パンチパーマの男の尾骶骨を蹴りつけた。骨が鳴る。段平の刃は、男の首筋に押し当てたままだった。

奥の部屋の衝立の向こうに、後ろ手錠を掛けられた百面鬼が倒れていた。両方の足首は鎖で括られ、その端は大きな耐火金庫の把手に結ばれている。

百面鬼の頭は血で赤かった。後ろから、ビール壜で殴打されたらしい。口には、布製の粘着テープが貼られている。

気配で、百面鬼が体を捻った。すぐに何か言ったが、言葉は聞き取れなかった。

見城は、着流しの男に命じた。

「口のテープを剝がして、手脚を自由にさせてやれ」

男が百面鬼に近寄り、まず粘着テープを剝がした。百面鬼が太い息を長く吐いた。

「百さん、頭の怪我は？」

見城は訊いた。

「まだ痛えよ。中身の入ったビール壜で、特攻服みてえな上っぱりを着た小僧っ子にいきなりぶっ叩かれたんだ。チンピラだと思って、ちょっと油断したのが……」

「それで、ニューナンブM60と手錠を抜かれたんだ？」

「ああ、締まらねえ話だよな。けど、見城ちゃんが来てくれたんで、命拾いしたぜ。ありがとよ！」

百面鬼が素直に礼を言った。

見城は面映かった。着流しの男が袂から手錠の鍵を抓み出し、百面鬼の両手を自由にした。足の鎖も解く。

百面鬼は起き上がりざまに、着流しの男の両脚を掬った。男は呆気なく後ろに倒れた。

百面鬼は手錠で、男の顔面を五、六回打ち据えた。

鼻柱が潰れ、前歯が折れた。男は折れた歯を飲み込みそうになって、激しくむせた。

そして、血みどろの歯を三本も吐き出した。

「そのくらいでいいだろうが……」

パンチパーマの男が見かねて、百面鬼に言った。

百面鬼は黙殺し、着流しの男の襟首をむんずと摑んだ。そのまま男を摑み起こし、大腰で床に倒す。数回蹴り込み、また百面鬼は着流しの男を摑み起こした。すかさず横に移動しながら、今度は体落としをかける。

それで終わりではなかった。

百面鬼は最後に横巴え投げで、着流しの男を宙に投げ放った。男は耐火金庫の角に腰を強く打ちつけ、体を小さく丸めた。

「次は、おめえの番だ」

百面鬼がそう言い、パンチパーマの男に前手錠を掛けた。手錠は血糊に塗れていた。

「お、おれに何をしやがるんだ!?」

男が掠れ声を洩らした。

百面鬼は無表情で二メートルほどの鎖を拾い上げた。

「殺すなよ、百さん」

見城は言って、少し離れた。

百面鬼がカウボーイが投げ縄を操るように鉄の鎖を回し、だしぬけに手を放した。放たれた鎖が宙を泳ぎ、その先端は男の顎を砕いた。

パーマをかけた男がいったんのけ反り、体をくの字に折った。その恰好のまま後方の壁にぶち当たり、尻から落ちた。

百面鬼は鎖を短く持ち直し、男の頭や肩を容赦なく叩いた。

男は獣じみた声をあげながら、床に転がった。血塗れだった。

「弟の幸二は、どこにいる？」

「もう勘弁してくれよ」

「何度も同じことを言わせるんじゃねえ」

「……」

「てめえらは気づかなかったろうが、おれは、この事務所の玄関先で幸二のタイ・タックを拾ったんだ。こいつだよ」

百面鬼が上着の右ポケットから、七宝焼(しっぽうやき)のタイ・タックを抓(つま)み出した。

パンチパーマの男はちらりと百面鬼の指先を見て、すぐに視線を外した。

「このタイ・タックは、おれのおふくろが弟に贈った物だ。幸二が晴れて判事になれた日にな」

「………」

「てめえらが幸二を拉致したことはわかってる。それから、鶴見尚正の判決のことで弟に脅しをかけたこともな」

「警官(マッポ)が令状(オフダ)もなしに、こんなことをやってもいいのかよっ」

「クズが、いっぱしのことを言うんじゃねえ」

百面鬼が男の腰に鎖を叩きつけ、見城に歩み寄ってきた。

「百(どう)さん、バトンタッチしようか？」

見城は先に口を開いた。

「なあに、おれが口を割らせらあ。ちょっと段平を貸してくれや」

「あまり派手にやらないほうがいいな」

「わかってるよ」

百面鬼が見城の手から白刃を捥ぎ取り、またパンチパーマの男の前に立った。

「これ以上、おれを締める気なら、桜田門の警務部人事一課監察に駆け込むからなっ」

「好きなようにしな」

「な、なにしやがるんだよ」

男が肘を使って逃げようとした。

百面鬼が男の右手の甲を踏みつけ、その二の腕に刃先を数センチ埋めた。少しもためらいは見せなかった。男が乱杙歯を剝き出しにして、長く呻いた。

「きのう、弟を拉致した理由から喋ってもらおうか」

「おれたちは党首に頼まれたことをやっただけなんだよ。だから、理由までは知らねえんだ」

「幸二の監禁場所は、どこなんでえ?」

「それは……」

「粘るじゃねえか」

百面鬼が埋めた切っ先をさらに深く沈め、左右に抉った。男が高い声を放ち、レスラーのように左手で床を叩く。

「やめろ、やめてくれーっ」

「弟の居所を早く吐かねえと、てめえの両手の指を一本ずつ落とす！」

「言う、言うよ。だから、段平を早く抜いてくれ」

「幸二はどこに閉じ込められてるんだっ」

「はっきりしたことはわからねえけど、まだ党首の自宅にいると思うよ」

「伴野哲人の家は、神宮前三丁目だったな？」

「そうだよ」

「若い者は何人いる？」

「いまは誰もいないはずだ」

「伴野は独身だったな。若い者がいねえってことは、女を家に引っ張り込んでやがるんだろう？」

「ああ、多分ね」

「てめえらが伴野に連絡しないわけねえな」

百面鬼は白刃を引き抜き、ハンカチで柄を拭った。それから彼はパンチパーマの男の手錠を外し、見城に声をかけてきた。

「ちょっと手伝ってくれや。こいつら二人をそっちにあるスチールのロッカーにぶち込もう」

「オーケー」

見城たちは二人の男の口をガムテープで塞ぎ、手と足の自由を奪った。

二つのロッカーを空にして、着流しの男とパンチパーマの男を押し込み、扉の把手を粘着テープで封じた。さらにロッカーの扉を下にして床に倒し、その上に長椅子を載せた。

「これで身動きできねえだろう」

「百さん、戦闘服の男が逃げちまったんだ。おそらく奴は、伴野っていう親玉に連絡をとっただろう」

「それなら、それでもいいさ。見城ちゃん、おれのニューナンブを返してくれや」

百面鬼がグローブのような大きな手を差し出した。見城はベルトの下からリボルバーを抜き、百面鬼に手渡した。

百面鬼がシリンダーに五発の実包が入っているのを確かめてから、拳銃を革のショルダーホルスターに収めた。

「そっちは、もう帰れや。幸二ひとりぐらい、おれが取り戻せらあ」

「百さんだけじゃ、危いよ。また失敗踏んだら、弟ともども始末されかねないぜ」

「いいのか？」

「百さんの弟が危険な目に遭ってるんだ。黙って見てるわけにはいかないよ」

「おれは見城ちゃんと違って豊かじゃねえから、日当も危険手当ても出せねえぞ」

「もちろん、ノーギャラで助けるよ。さ、行こう！」

見城は百面鬼の厚い肩を軽く叩いた。

二人は外に走り出て、それぞれの車に乗り込んだ。

2

人影は七つだった。

伴野哲人の豪壮な自宅の前には、揃いの青い制服を着た男たちが立っている。石塀の際に党名の入った街頭宣伝車が駐めてあった。

「やっぱり、戦闘服の若い男が伴野に異変を報せたんだろう」

見城は呟いた。

「奴らとじゃれてる暇はねえ。見城ちゃん、裏に回ろう。伴野の家の真裏の家の裏庭から入ろうや」

「それは、いい考えだ」

　二人は踵を返し、伴野邸の裏側に回った。

「百さん、伴野はいい家に住んでるね。手広く事業をやってるのかな？」

「いや、別に何もやってねえよ。ただ、大物の利権右翼の下働きをしてたんで、割に金回りはいいみてえだな」

「その大物って？」

「去年、九十四で天寿を全うした藪川亮三だよ」

「それじゃ、藪川の息子が幸二君の拉致を命じたんだろうか」

「そのへんのことは伴野を痛めつけて吐かせようや」

「伴野はいくつなんだい？」

「四十八歳だよ。一応、政治結社のボスってことになってるが、素顔は経済やくざさ」

　百面鬼がそう言い、立派な門構えの邸宅の前で足を止めた。

　伴野の自宅と背中合わせの家だ。百面鬼が応対に現われた老婦人に刑事であることを明かし、協力を求めた。老婦人はいくらか迷惑そうだったが、二人を裏庭に導いてくれた。

　見城たちは塀を乗り越えて、伴野邸の敷地に入った。

　二百坪はありそうだった。庭木が多く、たやすく二階建ての家屋に接近できた。どの窓も明るかったが、カーテンで室内の様子はわからない。

「どこか戸締まりしてねえとこがあるかもしれねえぞ」

百面鬼がホルスターからニューナンブM60を引き抜き、中腰で家屋の左手に回り込んだ。見城は後（あと）につづいた。

台所のドアはロックされていなかった。

二人は、そこから侵入した。近くに人のいる気配は伝わってこない。伴野は愛人を招くときは、部屋住みの若い党員たちを家の外に出しているのだろう。

「百（どう）さん、どうする？　先に幸二君を捜したほうがいいと思うんだが……」

「いや、伴野を押さえたほうが早（はえ）えだろう」

「それじゃ、そうしようか」

見城たちは土足で家の中を歩き回りはじめた。

応接間、居間、和室と順に覗（のぞ）いてみたが、階下には誰もいなかった。二人は二階に上がった。四室あった。手前の三室は無人だった。いちばん奥の部屋から、かすかに男の歌声が洩れてくる。北島三郎の『兄弟仁義』だった。

「歌ってるのは伴野だろう。見城ちゃん、行くぜ」

百面鬼が輪胴型拳銃（リボルバー）の撃鉄（ハンマー）を掻（か）き起こした。五発の実包の詰まった輪胴（シリンダー）が小さな音をたて、わずかに回った。

映画館の防音扉に似たドアを一気に手繰り、百面鬼が室内に躍り込んだ。見城も飛び込んだ。十五畳ほどの広さで、カラオケ店そっくりの造りだった。

四十代後半の男がマイクを握っている。横向きだった。ワインカラーのガウンをだらしなく着ていた。男の前と後ろに、ベビードールふうのナイティーをまとった若い女がうずくまっている。

どちらも二十四、五歳だろう。前にいる女はペニスに舌を滑らせていた。後ろの女は、男の肛門を舌の先でつついていた。

「よう、兄弟！」

百面鬼が大声で呼びかけた。

男が弾かれたように体ごと振り返った。二人の女が真紅のカーペットに倒れた。

「こいつが伴野哲人だよ」

百面鬼が見城に言って、ガウン姿の男に近寄った。

「てめえら、どっから入ってきやがったんだ!?」

伴野の角張った顔に、驚愕の色が拡がった。

見城は、少し前まで伴野の性器をくわえていた目の大きな女に命じて、カラオケ伴奏を停めさせた。演歌が熄(や)んだ。

「おれの弟はどこだ？」

百面鬼が伴野の左胸に銃口を押し当てた。

「何か勘違いしてるな。だいたい、てめえは何者なんだっ」

「そこまでシラを切る気か。上等、上等！」

「そうカッカすんな。冷静に話し合おうじゃねえか」

伴野がガウンの前を整え、ベルトをきちんと結んだ。

そのとき、百面鬼が銃身で伴野の顎を強打した。伴野はよろけた。百面鬼がすかさず踏み込み、伴野の腹を蹴った。

伴野は身を折って、ひざまずく恰好になった。百面鬼が銃把(グリップ)の角で、伴野のこめかみを叩いた。伴野は転倒した。こめかみが裂けていた。

「乱暴はしないで」

黒いナイティーを着た女が声をあげた。さきほど伴野の尻に顔を埋めていた女だ。肩まで伸びた髪には、ストレートパーマがかかっていた。細面(ほそおもて)で、体もスリムだった。

「レディーたちの前で野蛮なことはよくねえな。おたくたち、二頭立ての馬車馬(ばしゃうま)みてえに並んで四つん這(ば)いになってくれや」

百面鬼が二人の女に指示した。すると、白いナイティーをまとった女が言葉を発した。

「何をやらせる気なの!?」

「ちょっとな。早く言われた通りにしてくれねえか。おれは短気なんだよ。怒らせねえほうがいいぜ」

「わかったわよ」

女が腫れっ面で言い、ストレートヘアの女を目で促した。

すぐに二人は床に這った。どちらもナイティーの下には何もまとっていなかった。

「喪服がなくても大丈夫？」

見城は百面鬼に問いかけた。

「別に突っ込むわけじゃねえんだ」

「甘い拷問ってやつか」

「まあな」

百面鬼が二人の女の真後ろに片膝をつき、右側にいる瞳の大きな女のルビー色の亀裂を銃口で軽くなぞった。

女が豊満なヒップを小さく動かした。

「感じるかい？　伴野のピストルより、ずっと硬いだろ？」

「硬すぎるわ。まさか拳銃の先っぽをあたしの中に突っ込むんじゃないでしょうね」

「場合によっちゃ、そうすることになるな」

百面鬼はそう言い、次に黒いナイティーの女のはざまを銃口でなぞりはじめた。

スリムな女が痛みを訴えた。どうやら照準が柔らかな襞を引っ掻いたらしい。

「それじゃ、甘い拷問にならないな。百さん、代わろう」

見城は声をかけた。

「そっちが女殺しのフィンガー・テクニックを披露してくれるわけか」

「成り行きでね」

「それじゃ、よろしく頼まあ」

百面鬼が黒いナイティーの裾で銃口を拭い、おもむろに立ち上がった。見城は二人の女の後ろに片膝をついた。

「てめえら、いいかげんにしろ！」

伴野が半身を起こした。百面鬼が伴野に大股で歩み寄り、黙って銃口を向けた。

「二人ともリラックスしてくれよ」

見城は女たちに穏やかに言い、両手を伸ばした。

どちらも体の芯は乾いていた。見城は両手の指をピアニストのように閃かせはじめた。

いくらも経(た)たないうちに、右側の女が喘(あえ)ぎはじめた。肉の芽は弾けんばかりに膨らみ、花弁も肉厚になっていた。まるで観葉植物の葉だった。

「梨世(りよ)、おかしな声を出すな」

伴野がグラマラスな女を窘(たしな)めた。

「だって、自然に息が乱れちゃうんだもの」

「気を逸(そ)らせ、気を！　自分の親兄弟が急死したとでも想像するんだっ」

「そんなこと急に言われても、無理よ。ああっ、すごく上手！」

梨世が張りのあるヒップを弾ませはじめた。

いつの間にか、左側の細身の女も淫(みだ)らな呻き声を洩らしはじめていた。見城は勝利感に似た気分を味わいながら、愛撫に熱を込めた。

伴野が大きな溜息をついた。

「さすがだな、女たらし！　そろそろ仕上げにかかってくれや」

「オーケー」

見城は百面鬼に言い、梨世と朋美の熱く潤んだ膣(ちつ)に同時に指を潜(くぐ)らせた。どちらも二本だった。構造は二人ともAランクだ。

「おい、もう指を抜いてくれ。もうじき二人とも、いっちまう。頼むから、早く指を抜いてくれよ」

「百面鬼幸二は、この家のどこにいる？」

見城は指を動かしながら、『愛国青雲党』の党首に訊いた。

「指を抜いてくれたら、話してやろう」

「話したら、抜いてやるよ」

「抜け目のない野郎だ」

伴野が忌々しそうに言った。

そのとき、二人の女が極みに駆け昇りそうな兆しを見せた。エクスタシーに達しられてしまったら、脅しにならなくなる。見城は両手の動きを止めた。

「お願いだから、焦らさないで」

梨世と朋美が声を揃えて哀願し、競い合うようにヒップを揺さぶりたてた。

「あんたの弟は、もうここにはいないよ」

伴野が観念し、百面鬼に顔を向けた。

「いない？」

「峰岸判事の知り合いだって男たちが二人ここに来て、三時間ぐらい前にどこかに連れていった」

「その峰岸ってのは、東京地裁の峰岸歩判事だな？」

「ああ、そうだよ。おれは峰岸判事に頼まれて、うちの若い連中にあんたの弟を拉致させたんだ」

「てめえは何か峰岸に交換条件を出したなっ」

「ああ、まあ」

「フリージャーナリストの名村修に大怪我させた鶴見尚正の判決に手心を加えてくれって言ったんじゃねえのかっ」

百面鬼が大声を張り上げた。

「そこまで知ってやがったのか」

「鶴見の傷害事件の担当裁判長は、おれの弟に何か不正の事実を握られたんだなっ。峰岸は被告人どもから銭を貰って、判決を軽くしてやってやがったんだろ？　もちろん、地検の検事とつるんでな」

「そのあたりのことはよく知らねえんだ。突然、峰岸判事がおれの事務所にやってきて、部下の百面鬼幸二を拉致してくれって……」

「いつのことだ、それは？」

「鶴見の最終公判日の前の晩だよ。峰岸判事は翌日に決行してくれって言ってたんだが、おれはなんだかんだと理由をつけて、判決が下るまで延ばし延ばしにしてた。鶴見の刑が重かったら、ばか見るからな。しかし、約束通りに刑を軽くしてくれたから、あんたの弟を拉致してやったんだよ」

「幸二を引き取りにきた二人組は、どんな奴らだったんでえ？」

「三十前後の口髭を生やした奴とライオンみてえな面をした野郎だったよ」

伴野が言った。

まさか栃木の古ぼけた洋館にいた四人組のうちの二人ではないだろう。見城は女たちの性器を弄びながら、胸奥で呟いた。

「そいつらは、名乗ったんだろ？」

百面鬼が伴野に訊いた。

「口髭のほうが確か登坂で、もうひとりが相川と名乗ったな。どっちも名刺は出さなかったよ。二人はあんたの弟を小豆色のワゴン車の後部座席に押し込むと、大急ぎで走り去った」

「百さん、ちょっと来てくれないか」

見城は剃髪頭の刑事に呼びかけた。百面鬼が拳銃で伴野を威嚇しながら、近寄ってくる。

「幸二君を引き取りにきた登坂と相川って奴は、洋館にいた四人組のうちの二人だよ」

見城は小声で言った。

「なんだって!?　そいつらが真杉知佐子たち五人の女囚を脱走させて、快楽殺人の生贄（いけにえ）に使った疑いが濃いって話だったよね？」

「ああ」

「いったい、どうなってんでえ。頭が混乱してきたぜ。そいつらが、なんで幸二を拉致しなきゃならねえんだ？　弟をマインドコントロールして殺人者に仕立てても、なんのメリットもねえぜ。幸二は銭を持ってねえし、言論人でもねえからな」

「幸二君は誰かビッグな人間の不正を知ってるのかもしれないよ。そうじゃないとしたら、何かの人質にされたんだろう」

「何かって、なんでえ？　幸二を人質に取って、誰を誘（おび）き寄せるっていうんだよ。このおれかい!?」

百面鬼が左手の人差し指で自分を指した。

「幸二君が人質に取られたんだとしたら、おそらく百（どう）さんが狙いだろうな」

「ちょっと待ってくれねえか。おれは、そっちが話してた四人とも露木芽衣子って称した女にも、まるで心当たりがねえんだぜ」

「連中は、単なる雇われ人だろう。きっと黒幕がいるにちがいない。百さん、最近、暴力団から派手に寄せなかった？」

「百万未満のお目こぼし料を数カ所の組から貰って、風俗の女を回してもらったことはあるよ。けど、そんな程度で、おれに仕返しする気になるかい？」

「それは、ちょっと考えられないな。ろくに百さんは仕事もしてないが、一応、現職だ。暴力団は本気で警察に楯突いたら、組が解散に追い込まれるまで徹底的にいじめられることを知ってる」

見城は言った。

「誰かが個人的な恨みを晴らしたがってやがるんだろうか」

「そうなのかもしれないね。幸二君の上司の峰岸って判事を締め上げりゃ、緒が摑めると思うよ」

「そうだといいな。引き揚げる前に、伴野から頭の治療代を貰っとこう」

百面鬼は『愛国青雲党』の党首の前に戻り、二千万円の治療費を要求した。

「いくら何でも高すぎる。百万だったら、払ってやるよ」

「弟の監禁罪で、臭い飯を喰ってもいいのか？」

「くそっ」

「たったの二千万で刑務所（ムショ）に行かなくて済むんだから、安いもんだろうがよ。別荘に送られたら、そこにいるお姐（ねえ）ちゃんたちともファックできねえぞ」

「一千万の小切手を切ってやる」

「こっちは激安ショップじゃねえんだ。値引きはしねえぞ。小切手帳は、どこにあるんだい？」

「隣の部屋に置いてある」

「立ちな」

「現職がこんなことやってもいいのかっ。日本の警察は、もうおしまいだな」

　伴野が皮肉たっぷりに言い、しぶしぶ立ち上がった。百面鬼が伴野の背に銃口を当て、カラオケ装置のある部屋から出ていった。

　ドアが閉まると、梨世が甘くせがんだ。

「パパがいない隙に、あたしたちをいかせて。いかせてくれたら、二人で交互にしゃぶってあげる」

「ね、お願い！」

　朋美が尻を大きく突き出した。

「二人でレズって、この世の極楽に行くんだな」

見城は両手を引っ込め、すっくと立ち上がった。

伴野の愛人たちが、同時に長嘆息した。見城は鼻先で笑って、防音設備の整ったカラオケルームを出た。

そのとき、隣室で人の倒れる音がした。

見城は隣の洋室を覗いた。伴野が床に倒れ、両手で頭を抱え込んでいた。銃把（グリップ）の角で脳天を強打されたようだ。指の間から、鮮血が噴いていた。

百面鬼が二千万円の預金小切手をひらひらさせながら、悠然と部屋から出てきた。

「後で弟の妻に電話して、峰岸判事の自宅を教えてもらうよ」

「おれもつき合おう」

「いや、おれひとりで幸二の上司を締め上げてえんだ。兄貴として、それぐれえのことはやってやりてえからな」

「そういうことなら、そのほうがいいね。後は百（どう）さんに任せるよ」

見城は先に階段を降りはじめた。

二人は侵入口から裏庭に出て、隣家の塀に走った。

3

ヘッドライトが点滅した。

見城は車を専用スペースに納めかけていた。『渋谷レジデンス』の地下駐車場だ。神宮で百面鬼と別れ、まっすぐ帰宅したところだった。

斜め前の来客用のスペースに、赤いマツダＲＸ－８が駐めてあった。運転席にいる女の顔は判然としない。

里沙が車を買い換えたのだろうか。

見城はローバーを降りた。すると、マツダＲＸ－８から女が出てきた。情事代行の客の伊豆美輪だった。白っぽい上着を着ていた。下は薄茶のプリーツスカートだった。

見城は当惑しながらも、美輪に笑いかけた。

美輪が表情をにわかに明るませ、駆け寄ってきた。

「おれを待ってたようだね」

「ええ、そう。体が火照って眠れそうもないから、ここに押しかけてきちゃったの。迷惑だった？」

「そんなことはないが……」

「まだ生理がこないの。ねえ、あなたの部屋で体の火照りを何とかして」

「おれの部屋は、まずいな。深夜に友人が来ることになってるんだ」

見城は、とっさに嘘をついた。スペアキーを持った里沙が訪ねてくるかもしれないと考えたのだ。

「なら、ホテルに行きましょうよ。ううん、もう待てないわ。わたしの車の中で抱いて」

「こんな所で、カーセックスを!?」

「人目のない場所なら、どこでもいいの」

美輪が身を擦り寄せてきた。乳房が強く密着している。

「弱ったな」

「このマンションには、屋上があったわよね?」

「ああ」

「貯水タンクの陰なら、死角になるんじゃない?」

「わかった。屋上に行こう」

見城は覚悟を決めて、美輪の片腕を取った。

エレベーターに乗り込むと、美輪が伸び上がって唇を重ねてきた。貪婪なキスだった。見城は息苦しくなって、さりげなく顔をずらした。

「ああ、おいしかった」

美輪が茶目っ気のある言い方をした。

見城は目でほほえんだ。エレベーターは九階までしかない。二人は九階の螺旋階段を昇って、屋上に出た。

生暖かい風が吹いていた。人影は見当たらない。

給水ポンプや貯水タンクのある場所は建物の北側だった。その三方の建物は、マンションよりも低かった。後方の高層ビルからは見えるだろうが、給水塔のあたりは暗い。覗かれる心配はないだろう。

見城は美輪を貯水タンクの鉄塔に寄りかからせた。

「ここなら、誰にも見られないわね」

美輪が嬉しそうに言い、見城の首に両腕を巻きつけてきた。見城は美輪の額と瞼に軽く唇を当て、改めて本格的なくちづけを交わした。

美輪の息は、すぐに乱れた。

見城は美輪の長袖ブラウスのボタンをゆっくりと外し、ブラジャーのフロントフックも上下に滑らせた。トロピカル・フルーツを想わせる乳房が揺れながら、顔を覗かせた。

美輪が舌を絡めたまま、見城のベルトを緩めた。すぐに上から手を突っ込んできた。しなやかな指はトランクスの中に忍び込み、いとおしそうに陰毛を撫でた。ほどなく見城は握られた。美輪は五、六度、男根を搾るように揉んだ。

見城は反応しはじめた。

二人は下着を下げて、慌ただしく立位で交わった。パートナーを頂点に押し上げたが、見城は放たなかった。それでも、美輪は気が済んだようだった。

「きょうはノーギャラでいいよ。地下の駐車場まで送ろう」

見城は、身繕いを終えた美輪に言った。

二人はエレベーターで地下駐車場まで下った。美輪は赤いRX－8に乗り込むと、予備の新しいパンティーを穿いた。ガードルとパンティーストッキングは身につけなかった。

「気をつけてな」

「ええ。室外セックスは刺激的だったわ」

「お寝み！」

見城は少し退がった。美輪の赤い車が発進し、すぐに走り去った。

見城はエレベーターホールに引き返した。函(ケージ)に乗り込む。

八〇五号室は暗かった。見城は、ほっとした。里沙が部屋に来ていたら、指先の臭いをごまかせなかったかもしれない。

部屋に入ると、見城は真っ先に浴室に向かった。

熱めのシャワーを浴び、ボディーソープの泡を全身に塗りたくる。見城は十分そこそこで浴室を出た。ダイニングキッチンで缶ビールを飲んでいると、玄関のドアの開く音がした。

里沙だろうか。見城はバスローブ姿で玄関に急いだ。

靴を脱ぎかけていたのは百面鬼だった。別人のように、表情が暗い。

「峰岸判事に逃げられたようだね？」

「いや、峰岸は代々木上原の自宅にいたよ。ちょいと脅したら、峰岸は幸二を伴野に拉致させたことを認めた。でもな、幸二がどこに連れ去られたのかはわからねえって言いやがったんだ」

「どういうこと？」

「峰岸は一度も姿を見せねえ脅迫者に弱みを握られ、おれの弟を第三者に引っさらわせろって命じられたらしいんだよ」

「峰岸には、どんな弱みがあったの？」

「野郎はお堅い判事のくせに、タイやフィリピンにわざわざ出かけて、十一、二歳の少女を買ってたらしいんだよ。そのときの証拠写真で脅迫されたようだな。で、奴は自分に対して何かと批判的だった幸二を拉致監禁させてもいいと思ったんだろう。とんでもねえ判事だぜ」

「とりあえず、上がってくれないか」

見城は百面鬼をリビングソファに落ち着かせ、ハイネケンの缶ビールを手渡した。自分も飲みかけの缶ビールを持って、長椅子に腰かける。

「正体不明の脅迫者はボイス・チェンジャーを使って電話をしてきたらしくて、年齢の見当はつかねえって言うんだよ。男の声であることは間違いねえらしいんだがな」

「『愛国青雲党』の伴野哲人は、峰岸の知り合いと称する登坂と相川が現われて、幸二君を連れ去ったと言ってた」

「ああ、そうだったな。しかし、五人の女囚を脱走させた四人組が、なんだって幸二を押さえたがる？　おれには、まるで思い当たらねえ連中なんだぜ」

「そうだろうな」

「真杉知佐子の行方を追ってる見城ちゃんの身内を拉致して、調査を打ち切らせようってんなら、話はわかるけどな」

　百面鬼が缶ビールのプルタブを開け、三分の二ほど一息にハイネケンを飲んだ。

「連中の狙いが読めないが、幸二君を押さえたのは百さんに何か要求する気なんだろうな」

「何かって？」

「もしかすると、奴らは百さんにおれを逮捕らせたいのかもしれない。何か罪をフレームアップしてでも、おれを留置場にぶち込みたいんだろう。そうなったら、おれは真杉知佐子の追跡調査ができなくなるからね。もちろん、気賀たち四人組や自称露木芽衣子の正体を探ることもできなくなる」

「見城ちゃんの推測にケチをつける気はねえけど、そうだとしたら、何もここまで手の込んだことをする必要はないんじゃねえのか？　依頼人の真杉豊って若い奴を人質に取って、見城ちゃんに脅しをかけりゃいいわけだからさ」

「確かに、百さんの言う通りだね。おれの調査を打ち切らせたいんだったら、ストレートに追い込むだろうな」

　見城は残りのビールを飲み干した。

「幸二を人質に取った奴は、おれが握ってる警察幹部の弱みに目をつけやがったのかもしれねえぞ。そうなら、これまでにおれが脅した約六十人の中に敵の内通者がいそうだな」

「誰か思い当たる人物は？」

「疑えば、どいつもこいつも怪しい。おれに急所握られた奴らは全員、頭にきてるはずだからな」

百面鬼がそう言い、葉煙草(シガリロ)をくわえた。

ライターを鳴らしたとき、やくざ刑事の上着の内ポケットで携帯電話が鳴った。

「絹子が焦(じ)れてるんだろう」

百面鬼が照れた顔で携帯電話を取り出し、右耳に当てた。その表情が、すぐに引き締まった。

幸二を連れ去った連中からの連絡のようだ。見城は緊張した。

「幸二は元気なんだな？　電話口に出してくれ」

百面鬼が叫ぶように言った。

当然ながら、通話相手の声は見城には届かなかった。やはり、勘は正しかったようだ。

「てめえらの要求は？」

「…………」

「おれは、そんなことしちゃいねえよ。一応、まだ現職だぜ。本庁のお偉いさんを脅したことなんか一度もねえ」

「…………」

「警視総監のスキャンダルを三日以内に押さえろだと!? 無茶言うねえ。そんなこと、おれにできるわけねえだろうが！」

「…………」

「待て！ わかった、やれるとこまでやってみらあ。だから、弟には指一本触れるなっ。いいな」

百面鬼が携帯電話を耳から離した。

「幸二君は無事なんだね？」

見城は早口で訊いた。

「ああ、そう言ってた。けど、元気かどうかはわからねえな。ただ、電話の向こうで幸二のくぐもった声が聞こえたから、生きてることは確かだよ」

「電話の相手は？」

「男だったが、コンピューターで合成したような声だったな。特殊なボイス・チェンジャーを使ってるのかもしれねえ。発信場所は公衆電話だった」

「敵の要求は、三日以内に警視総監の弱みを押さえろってことだったんじゃないの？」

「その通りだ。総監の北条在昌のスキャンダルを摑んだら、その裏付けと一緒に手許にある有資格者どものスキャンダル写真や録音音声もそっくり引き渡せと言いやがった」

「北条警視総監の弱みを摑めなかった場合は？」

「幸二を生きたまま切り刻んで、豚の餌にするなんてぬかしやがった。四六時中、大勢のSPにガードされてる総監を尾行するだけでも至難の業なんだ。たったの三日で、北条のスキャンダルなんか摑めるわけねえよ」

百面鬼が苛立ちを露にした。

「冷静になりなよ、百さん。敵は百さんが押さえてる警察幹部たちのスキャンダル写真やテープを手に入れるまで、幸二君には手は出さないだろう」

「けど、北条の弱みを押さえなきゃ、いずれ連中はおれの弟を始末することに……」

「期限がいよいよ迫ったら、誰かを警視総監の愛人に仕立てて、その場を切り抜けよう。嘘がバレる前に、敵の正体を突き止めるんだよ。そうすりゃ、幸二君を奪回できると思うな」

「敵は、そのへんのチンピラじゃねえんだぜ。そんな小細工は通用しねえだろうが？」

「そうかもしれないが、とにかく動き出そうよ。松ちゃんに頼んで、今夜中に峰岸判事

中得一美

嫁の家出

定価（本体700円+税）978-4-408-55565-2

書き下ろし

与力の妻・品の願いは夫婦水入らずの旅。けれど夫は……人生の思秋期を迎えた夫婦の「心と体のすれ違い」と妻の大胆な決断を描く。注目新人の新感覚時代小説。

沢里裕二

処女（しょじょ）刑事（デカ）

性活安全課VS世界犯罪連合

定価（本体650円+税）978-4-408-55563-8

札幌と東京に集まる犯罪者たち——。開会式を爆破!? 松重は爆発寸前!! 処女たちの飽くなき闘い。豪華キャストが夢の競演！ 真木洋子課長も再び危ない!?

南英男

盗聴

強請屋（ゆすりや）稼業

130万部突破の犯罪サスペンスシリーズ第8弾！

脱走を企てた女囚が何者かに拉致された！ 調査を依頼された強請屋探偵の見城豪は盗聴ハンターの松丸とともに真相を追うが……。傑作ハード犯罪サスペンス！

定価（本体800円+税）978-4-408-55566-9

100年たっても

の自宅と東京地裁の専用電話に盗聴器を仕掛けてもらう。敵が、また峰岸に何か要求するかもしれないからね」

「それは、あり得ねえと思うよ。おそらく敵は、おれと見城ちゃんの動きをチェックしてるんだろう」

「何か敵の尻尾(しっぽ)を摑む方法があるはずだ。百(どう)さん、そいつを考えようよ」

見城は極悪刑事を力づけ、ロングピースのパッケージに手を伸ばした。

二人はひっきりなしに煙草を喫(す)いながら、知恵を絞り合った。だが、これといった妙案は浮かばなかった。

時間だけが虚(むな)しく流れ去っていった。

4

周波数が間違っているのか。

見城は電波受信機の針を見た。針は、ＵＨＦ放送帯の四百メガヘルツを指(さ)している。

周波数は正確なはずだが、どうしてか受信できない。

見城は首を捻(ひね)った。

霞が関にある東京地方裁判所合同庁舎の斜め前にローバーを駐めたのは、午前十時前だった。桜田通りである。

いまは午後二時半だ。四時間半の間に、峰岸判事の専用電話には一本も電話がかかってこなかった。松丸が間違って、別の電話ケーブルに盗聴器を仕掛けたとは考えにくい。このまま、辛抱強く待つほかないだろう。

見城は耳栓型のレシーバーを嵌め直し、煙草に火を点けた。

代々木上原にある峰岸の自宅の近くで、松丸が同じように張り込んでいる。いま現在、何も連絡はない。

百面鬼は、かつて自分が脅した約六十人の警察幹部たちの動向を探っている。昨夜、彼はやはり警視総監の北条在昌に近づくこともできなかったという。

夜明け前に松丸が北条の自宅の電話外線にこっそり盗聴器を仕掛けたが、ほとんど役には立たないだろう。仮に警視総監がどこかに愛人を囲っていたとしても、自宅の電話を使って連絡をとるわけない。

百面鬼が語っていたように、たった三日で北条のスキャンダルを押さえることは不可能だろう。合成写真を用意しておいたほうがよさそうだ。グラビア雑誌に載っていた北条の写真と里沙の写真をうまく合成させるか。背景に使う写真は、浮気調査のときのを流用すればいい。

見城はそう思いながら、短くなった煙草を灰皿の中で消した。

そのすぐ後、自動車電話が鳴った。里沙からの電話だった。

「今夜、泊まりに行こうと思ってるんだけど、都合はどうかしら？」

「部屋に来るのはかまわないが、ナニはできないかもしれないな」

見城は自分の調査が捗らないことを語り、百面鬼が苦境に追い込まれた理由も明かした。ただ、姿なき敵が百面鬼に要求した事柄は喋らなかった。

「弟さんが人質に取られてるんだったら、百面鬼さん、気が気じゃないでしょうね。当然、警察は大捜査網を張ったんでしょ？」

「いや、百さんは単独捜査をしてるんだ。捜査員が大勢で動いたら、必ず犯人側に気づかれるからな。で、おれと松ちゃんが助っ人役を……」

「そうなの」

「ちょっと里沙に頼みがあるんだ」

「どんなこと？」

「警視総監の北条在昌の愛人になりすましてほしいんだよ」

「偽の愛人になればいいのね？」

　里沙が確かめた。

「ああ。そっちが北条とホテルから出てくる構図の合成写真は、おれがこしらえる。里沙は北条に電話をしてる振りをして、その声を録音してほしいんだ」

「ええ、やってみるわ。でも、合成写真や偽造録音音声のことがバレたら、幸二さんは犯人グループに殺されてしまうんじゃない？」

「ああ、おそらくな。しかし、いまはそういう小細工を使うほかないんだ。百(どう)さんが数日中に、北条総監のスキャンダルを押さえることは難しいからな」

「ええ、そうでしょうね。それ以前に、警視総監にスキャンダルがあるのかどうかもわからないわけだから」

「そうなんだ」

「犯人たちは、百面鬼さんをテストしたくて、そんな無理難題を吹っかけたんじゃないのかしら？」

「なるほど、テストか。つまり、犯人側は百(どう)さんがどう出るかを知りたいわけだな」

「わたしは、そう思うわ。本当の狙いは違うんじゃない？」

「そうなのかもしれないな」

　見城は内心の狼狽(ろうばい)を隠し、努めて平静に答えた。まさか百面鬼が警視庁の有資格者(キャリア)たちを六十人近く強請（ゆす）った事実を話すわけにはいかない。

　おそらく里沙が言ったように、犯人側は有資格者（キャリア）たちの弱みを裏付ける証拠物件を手に入れたいのだろう。下手な小細工をするのは、かえってマイナスになるかもしれない。それでも一応、合成写真や偽の録音音声を用意しておくべきか。

「もし心配だったら、わたし、北条の愛人の真似をして、自分の声を録音しておくけど……」

「一応、録音しといてくれないか」

「わかったわ。見城さんが部屋にいなくても、今夜、仕事が終わったら、渋谷に行くわ。録音音声は、そのときに持っていくってことでいい？」

「ああ」

「それじゃ、そういうことで」

　里沙が先に電話を切った。見城はいったん通話終了キーを押し、松丸の携帯電話を鳴らした。

　ツーコールで、通話可能状態になった。

「峰岸の家に気になる電話は？」

　見城は、のっけに問いかけた。

「なかったっすね、一本も。そちらは？」

「こっちも同じだよ。松ちゃん、本業のほうは大丈夫なのか？　毎朝日報の編集局長や論説委員の自宅に盗聴器が仕掛けられてるかどうか、チェックしなきゃならないんだろう？」

「あと何軒か残ってるけど、少し待ってもらいますよ。いまは、新宿署の悪党刑事のことが心配っすから」

「松ちゃんは百さんに、年中、からかわれてるのに、大人だね。何かあれば、真っ先に駆けつけるもんな」

「悪党刑事とよく口喧嘩してるけど、どっちも本気で腹を立ててるんじゃないんすよ」

「二人の性格はまるで正反対だが、どっかで波長が合ってるんだろうな」

「そうなんでしょう。それはそうと、こんなことになったんだから、百さんも少しはおとなしくなるっすかねえ」

　松丸が言った。

「いや、百さんは死ぬまで変わらないだろう」

「でしょうね」

「松ちゃん、話を戻すが、毎朝日報のお偉いさんたちの家には、やっぱり盗聴器が仕掛けられてた?」

「七軒回ったうちの四軒に、外国製らしい盗聴器が仕掛けられてたっすよ」

「やっぱり、誰かがマスコミ関係者の発言の自由を妨害しようとしてるようだな」

「そういえば、いわゆる進歩的文化人と呼ばれてる連中の中に、おかしな発言をする奴が出てきたっすね」

「そうなんだ」

「きのう、テレビのワイドショーがマスコミ各社に〝転向宣言〟をファクスで送りつけた風巻泰輔や教科書の監修をオリたがってる歴史学者の大木戸寛のことなんかを取り上げてたっすよ。あれ、観(み)ました?」

「いや、観てない」

見城は短く答えた。

「なんか不気味な感じっすね。見えないとこで、きっと何かが起こりかけてるんでしょうね」

「そう考えてもいいと思うよ」

「あれ、なんか電話が変っすね」

突然、松丸が言った。

「変って、雑音（ノイズ）が混じってるのか？」

「雑音は聞こえないんすけど、見城さんの声が時々、ほんの一瞬っすけど、小さくなるんすよ」

「いつもと同じ持ち方をしてるがな」

「そうっすか。すぐ近くで誰かが広域電波受信機（マルチ・バンドレシーバー）を使ってたりすると、そういうことがあるんすよ」

「そうなのか」

見城は周囲を見回した。マルチ・バンドレシーバーを手にしている者は見当たらなかった。

「声は安定してきたな。ひょっとしたら、こっちの携帯電話がおかしいのかもしれないっす。なにしろ、このワンボックスカーの中に大型の電波探索機、数種の広域電波受信機、電圧テスター、アンテナなんかをごちゃごちゃ積み込んでますからね」

「それで、電波障害が起こったのかな？」

「多分、そうなんだと思うっす。ここで待機してますんで、何かあったら、連絡してください」

松丸の声が途切れた。

見城は電話を切り、グローブボックスの中からミニドライバーセットを取り出した。プラスドライバーとマイナスドライバーの二本を使って、携帯電話を二つに分解した。

あろうことか、アメリカ製の特殊盗聴防止装置がそっくり外されていた。

姿なき敵の仕業にちがいない。見城は、そう直感した。

その気になれば、マンションの駐車場に置かれた車の中にはたやすく潜り込める。犯罪のプロなら、物差しや下敷きなどをウインドーシールドとフレームの間に差し込み、楽々とドア・ロックを解除してしまう。

おそらく四人組のうちの誰かが、特殊なスクランブル装置をこっそり取り外したのだろう。そして、見城の電話をことごとく傍受しているのではないか。

この電話では、差し障りのないことしか喋れない。できれば、電話は使いたくなかった。しかし、それでは、こちらが異変に気づいたことをわざわざ敵に教えるようなものだ。言葉に気をつけながら、いままで通りに使うことにした。

見城は携帯電話の内部を仔細に検べた。

不審な発信機や送信機は、どこにも見当たらなかった。ひとまず安堵する。だが、自宅マンションの電話に盗聴器を仕掛けられている可能性もある。帰ったら、部屋の隅々までチェックすべきだろう。

見城は車をゆっくりと走らせはじめた。

午後三時に日比谷の小さなレストランで百面鬼と落ち合う手筈になっていた。官庁街をゆっくりと抜け、日比谷公園を大きく回り込む。

尾行者の影は見えなかった。

落ち合う店はニッポン放送の並びにあった。見城はローバーをパーキングメーターのある場所に駐め、ハンガリー料理を売り物にしているレストランまで歩いた。

店は地下一階にあった。オーナー・シェフは、滞在二十数年のハンガリー人だった。

店に入ると、ハンガリーの民族衣裳をまとった経営者の日本人妻がにこやかに迎えてくれた。まだ百面鬼は来ていなかった。

客席は二十もない。隅のテーブルに、若いカップルが一組いるきりだった。

ここなら、敵の人間に話を盗み聴きされる心配はないだろう。見城は中ほどのテーブル席に坐り、肉の煮込み料理と果実酒を頼んだ。

少し待つと、山ぶどうのリキュール酒とボルシチに似た煮込み料理が運ばれてきた。ライ麦パンには、バターのほかに李のジャムが添えてあった。

この店には、百面鬼と三、四度来たことがある。毎回、名物の煮込み料理を食べているのだが、未だに料理名は覚えられない。

長時間ぐつぐつと煮込まれた角切りの牛肉は、まったく煮崩(にくず)れしていない。それでいて、舌の上に乗せると、チーズのように蕩(とろ)けた。

あらかた食べ終えたころ、百面鬼がのっそりと店に入ってきた。

いかつい顔は無精髭(ぶしょうひげ)で覆われ、憔悴(しょうすい)の色が濃い。トレードマークのサングラスを外せば、目許の隈(くま)がもっと痛々しく見えるだろう。

百面鬼は見城の正面に坐ると、ビールだけをオーダーした。見城はロングピースに火を点け、低く問いかけた。

「警察官僚(キャリア)たちの動きは？」

「まだ断定的なことは言えねえけど、敵に内通してるような奴はいねえようだったな。それから、おれに恨みを持つ幹部どもが共謀してるような気配も感じられなかったよ」

「そう。警察内部に情報提供者がいないとなると、敵はかなり前から百(どう)さんをマークしてたことになるだろうね」

「そうだな。おれは、誰かにマークされてるなんて夢にも思ってなかったぜ」

百面鬼が葉煙草(シガリロ)をくわえたとき、オーナーの妻がビールを運んできた。彼女が遠のいてから、見城は口を開いた。

「気賀たち四人は、プロのスキャンダル・メーカーのようだな。おそらく、おれの裏稼業と同じことをやってるんだろう」

「要するに、連中は強請屋集団ってわけか。おれは見城ちゃんの片棒を担いでる。そういう意味じゃ、そっちと同じだ」

「そうなるね」

「奴らは、いわば同業者を咬もうってわけか。だとしたら、いい度胸してるぜ」

「そうだね。悪知恵も発達してる。素人を揺さぶるよりも手っ取り早いし、労せずして他人の獲物を横奪りできるからな」

「くそっ！」

百面鬼が吼えて、ビールを呷った。

見城は煙草の火を消し、自分と松丸にまだ収穫がないことを告げて、さらに携帯電話の特殊盗聴防止装置が何者かに取り外されたことも話した。

「敵はおれたちのすぐ近くにいて、たえず動きを見てやがるんだろうな。それも、盗聴、ハッキング、忍び込みなんて特殊な能力に長けてやがるにちがいねえ」

「実行犯グループは高度な諜報能力を身につけてるようだから、気賀たち四人を動かしてる黒幕は防衛庁（現・省）の高官とも考えられるな」

「高官って言うと、陸自の幕僚長あたりかい？」

「多分、そのクラスの高官なんだろう」

「まさか陸自の高官が強請屋集団にしこたま銭を寄せさせて、その資金で軍事クーデターでもおっ始めようとしてんじゃねえだろうな」

百面鬼が冗談とも本気ともつかない語調で呟いた。

「中南米やアフリカの政情不安定な国じゃないんだから、いくらタカ派の自衛隊幹部だって、軍事クーデターを本気で考える奴はいないだろう。ただ、何者かが保革三党の連立政権を解体させて、民自党か新栄党だけの単独政権の樹立を企んでる可能性はありそうだね」

「そいつは考えられるな」

「仮にそうだったとしたら、気賀たち四人を動かしてる人物はアンダーボスにすぎないと思うよ。そいつの後ろに、真の首謀者がいるんじゃないかな」

「ビッグボスは、民自党か新栄党の超大物ってとこか？」

「陰謀のシナリオを練ったのが、政治家かどうかはまだわからない」

「ああ、そうだな」

「ところで、例のエメラルドのイヤリングはどうした？」

見城は訊いた。

「上着の右ポケットに入れてあるよ」

「ちょっと出してくれないか」

「わかった」

百面鬼が黒っぽい上着の右ポケットから、小さなビニール袋を取り出した。その中には、割に粒の大きなエメラルドとプラチナの留具がばらばらに入っていた。

見城はビニール袋を受け取り、目の高さに掲(かか)げた。緑色の宝石の中が透けて見える。

「何してるんだ？」

「これが谷倉山に落ちてた犯人の遺留(リュウ)品だとしたら、エメラルドの中に特殊なマイクか何かが仕込んであるかもしれないと思ったんだよ。露木芽衣子と名乗った女は、気賀たち四人を指揮してたようだったからな」

「何も埋まってねえぜ」

「そうだね」

「そのイヤリング、芽衣子って女が落としたんじゃねえんじゃねえの？」

百面鬼が吸い口近くまで灰になった葉煙草(シガリロ)を慌(あわ)てて灰皿に捨て、ビールのグラスを持ち上げた。

「そうなのかもしれない。この耳飾りで正体が割れると思ったら、何がなんでも囚人護送車襲撃事件の現場から回収するだろうからね」

「遺留（リュウ）品は、それとは別の物なんじゃねえのかな。見城ちゃん、もういっぺん谷倉山に行ってみてくれねえか」

「明日の朝早く栃木に行ってみるよ」

「頼むぜ」

「うん。それはそれとして、このイヤリングと同じ物を一つだけ注文した客がいるかもしれないから、これから銀宝堂に行ってみる。エメラルドはかなり大粒だから、片方を落としたからって、すぐにもう一方を捨てたりしないと思うんだ」

「女は根がケチだから、同じものを一個だけ注文するかもしれねえな。それにしても、やけにイヤリングに拘（こだ）わるなあ」

「ちょっと気になるんだよ。無駄になるかもしれないが、このイヤリングを片方だけオーダーした客がいるかどうか確認したいんだ」

「気の済むようにしなよ。おれは、北条に接近するチャンスをうかがってみらあ」

「それじゃ、出よう」

見城は百面鬼を促し、勘定を済ませた。

店の前で、百面鬼と別れる。見城は車を銀宝堂に走らせた。

現職刑事に化けて女性店員に声をかけると、きょうの午後、同じ形のイヤリングを片方だけ注文した客がいるという。

「その客は、どんな女でした?」

「ご注文されたのは、三十三、四歳の口髭を生やした男性でしたよ」

女店員が言った。

おそらく登坂という男が、芽衣子の使いでここに来たのだろう。見城は、そう推測した。

「その方は知り合いの女性が大事にしてたイヤリングを片方なくしてしまったという話をお聞きになられて、同じ物を作るようお勧めになったそうです。それで、女性が持ってらした片方のイヤリングをここに……」

「イヤリングを落とした女性が注文主なんですね?」

「いいえ。片方のイヤリングをお持ちになられた男性が十万円の内金をされて、三週間後に商品を受け取りに見えるとおっしゃられて帰られました」

「その男の名前や連絡先を教えてくれませんか」

「お名前はわかりますが、連絡先はわからないんですよ。ご事情があって、ホテルを泊まり歩いているらしいのです。ですから、ご自分が出向くからとおっしゃられて」

「それじゃ、その男の名前だけでも聞いておきましょう」

「個人情報ですけど、少々、お待ちください」

女性店員が奥の事務室に急ぎ足で向かった。

見城はショーケースの指輪をぼんやりと眺めながら、露木芽衣子と称した女の顔と裸身を思い起こしていた。

数分待つと、女性店員が戻ってきた。

「お客さまは、小柴淳とおっしゃる方です」

「それ、間違いないんだね？」

見城は驚きながら、早口で確かめた。小柴淳は、大塚のゲイバー『紫』のママの名だ。同姓同名の男が、もうひとりいるのか。それとも、登坂がママの名を騙ったのだろうか。

八王子の医療刑務所にいる真杉知佐子と面会した細身の男も、面会人名簿にゲイバーのママの名を記帳したことを考えると、どうも後者臭い。

「はい、間違いありません」

「その男は、どこかなよなよとしてた？」

「いいえ、男臭いタイプでしたよ」

女性店員が即座に言った。

小柴淳は、なぜ二度も他人に自分の名を騙られたのか。登坂たち二人と何か接点があるにちがいない。ゲイバーに行ってみる気になった。

見城は女性店員に礼を言い、勢いよく表に飛び出した。

第四章　快楽殺人の生贄

1

軒灯が点いた。

午後七時だった。見城はエレベーターホールの陰から出て、ゲイバー『紫』に向かった。夕方まで東京地方裁判所合同庁舎の近くにいたのだが、峰岸判事に謎の組織が接触することはなかった。

見城は店のドアを押した。

従業員の若者たちの姿は見当たらなかった。ママの小柴がカウンターの中で、突き出しの仕込みをしていた。見城は軽く片手を挙げた。

「あたしたちの世界に興味を持ったのね。まったくのノンケだと思ってたけど」

「そうじゃないんだよ。きょうはママに訊きたいことがあって来たんだ」

「とりあえず、どうぞ！」

小柴がスツールを手で示した。毒々しい色のドレスを着ている。

化粧も濃い。口許のファウンデーションは、ことに厚く塗られていた。髭の剃り跡を隠すためだろう。

見城はスツールに腰かけ、小柴に言った。

「ギムレットを頼む」

「厭味ねえ。こんな店で、カクテルなんかオーダーしないでよ。あたしたちはシェーカーの代わりに、尻振ってんだからさ」

「別に他意はなかったんだ。それじゃ、ウイスキーのロックを貰おうか」

「うちは、国産ウイスキーしか置いてないわよ」

「サントリーで充分さ」

「それなら……」

小柴がロイヤルのボトルを摑んだ。

見城はロングピースに火を点け、小柴に問いかけた。

「店の若い子たちは？」

「七時半の出勤なのよ。こういう店は九時以降じゃないと、まともなお客さんは来ないの。それまでは、ノンケの冷やかしばっかしね」

「そうなのか。ところで、きょう、ママは銀座の銀宝堂に行った?」

「ううん、行ってないわよ」

「ママの名を騙って、エメラルドのイヤリングを注文した奴がいるようなんだ」

「あたしの名前を騙った奴がいるって!?」

小柴が素っ頓狂な声をあげた。

「そうなんだ」

「失礼しちゃうわ。誰がそんなことをしたのかしら?」

「登坂という男だよ」

見城は言った。小柴の表情に、かすかな変化があった。

「知り合いに、登坂という名の男がいるんだね?」

「いることはいるけど、あの彼がなんでそんなことをしたのかな」

「登坂が真杉知佐子たちの脱走に関わってる疑いがあるんだ」

見城は、置かれたロックグラスを持ち上げた。

「チーコは登坂とどういう関係だったの?」

「それがわからないんだよ。ママと登坂は、どういう知り合いなのかな？」

「登坂剛は、かつての教え子よ」

「ママ、学校の先生だったのか⁉」

「学校といっても、普通の学校じゃないの。たいていの人は信じてくれないけど、あたし、陸上自衛隊富士学校で教官やってたのよ」

「冗談じゃないんだね？」

「ほんとの話よ。教官時代は一尉だったの。登坂は、自衛隊の特殊部隊のレンジャー訓練生だったのよ」

小柴が遠くを見るような眼差しになった。

「ママは登坂をかわいがってたのかな？」

「かわいがってたというより、惚れてたわね」

「惚れてたってことは、その当時から……」

「ええ、ゲイ道一筋だったのよ。でも、登坂はノンケだったから、口説いたりしなかったわ。その分、いろいろ彼の面倒を見てあげたわね」

「そう」

見城はグラスを傾けた。

「でもね、学校で妙な噂（うわさ）が広まっちゃったのよ。あたしと登坂がホモセクシュアルの関係だって噂がね。それで、彼は自衛隊をやめちゃったの」

「その後、登坂はどうしたんだろう？」

「民間の警備保障会社に就職したって便りが一度あっただけで、それきり音信は途絶えちゃったのよ。あたしのほうも冬の北アルプス越えの訓練で教え子を二人も凍死させてしまって、教官をやめざるを得なくなったの。それで、あたしは趣味と実益を兼ねて、いまの商売をやるようになったわけよ」

「登坂とどこかで偶然に再会したんだね？」

「そうなの。新宿の伊勢丹の前で、ばったりとね。あたし、運命的な再会だと思ったわよ。でもね、登坂は相変わらずのノンケだったの。それとなくモーションをかけてみたんだけど、まったく反応なしだったわ」

　小柴が肩を竦（すく）め、プラスチック容器の切り干し大根を小鉢に取り分けた。突き出しだ。

「再会したのは？」

「十カ月ほど前だったかな。それから、彼のほうは二、三度、ここに遊びに来たわ。そういえば、登坂は最初に来た晩に、ここでチーコと顔を合わせてるわね」

「そう。登坂の住まいを教えてくれないか」

見城は言いながら、煙草の火を消した。

「それがわからないのよ。彼は連絡先も現在の仕事も教えてくれなかったの、頑なにね。もしかしたら、何か危い仕事をしてるのかもしれないわね」

「危い仕事って、暴力団絡みって意味？」

「そのへんがよくわからないんだけど、ヤー公の下働きなんかはしてないと思うわ。ひょっとしたら、何か特殊な仕事をしてるのかもよ」

「特殊な仕事？」

「ええ、そう。ＪＣＩＡって言葉を聞いたことはある？　日本のＣＩＡって呼ばれてる陸自の特別組織のことなんだけど」

「それは、幕僚監部調査部別室のことだよね？」

「あら、よくご存じじゃないの。一般の人はほとんど知らないはずよ」

小柴が驚きに目を瞠った。長い付け睫毛が重そうだ。

陸上自衛隊幕僚監部調査部別室は内閣調査室の室長の指揮によって、ロシア、中国、北朝鮮、韓国などの軍事情報を収集している。いわば、軍事スパイ集団だ。

調査部別室の年間予算は公にされていないが、スポンサー筋の内閣調査室は約百人の室員を抱え、その年間予算は二十億円近い。もっとも、そのおよそ七割が内外情勢調査会、世界政経調査会、東南アジア調査会、国民出版協会、民主主義研究会など調査委託団体への委託費に回されている。

内閣調査室の室長は歴代、警察庁からの出向者が務めている。その多くは有資格者(キャリア)だ。

「登坂が陸自の調査部別室のエージェントをやってるかもしれないって言うんだね？」

「そう断言はできないけど、それに近い仕事をしてるんだと思うわ」

「似たような組織が幾つかあるな」

見城はグラスを空け、お代わりを頼んだ。

小柴がうなずき、武骨(ぶこつ)な指でグラスを抓(つま)み上げた。太い小指は、まっすぐに立てられていた。

凶行を繰り返して世間を震撼(しんかん)させた某新興宗教団体に破壊活動防止法の適用を強く望んだ公安調査庁は、一九五二年に設けられた法務省の外局である。しかし、実質は検察庁の下部組織だ。

組織は総務部、調査一、二部のセクションに分かれている。調査一部は日本共産党及び新左翼の各派、調査二部はロシア、中国、北朝鮮、右翼団体を調査対象にしている。

公安調査庁は全国に八つの公安調査局、四十三の地方公安調査局を持ち、総職員数はおよそ二千人（現在、約千六百人）だ。

その九割が調査活動に従事し、調査対象の団体に潜入したり、スパイづくりに励んでいる。むろん、主な仕事は情報の収集だ。

毎年度の予算は百数十億円と少なくない。その約八割が人件費で、残りの二割は調査活動費に充てられている。

その大半が情報提供者に支払われる謝礼だ。職員たちは、それを協力費と称している。警察などと違って、公安調査庁には強制捜査権も逮捕権もない。したがって、金で情報を買うしかないわけだ。

「陸自のレンジャーコースの訓練を受けた者なら、公安調査庁でも内閣調査室でも仕事をこなせるはずよ」

小柴が二杯目のロックを見城の前に置いた。

見城は突き出しの切り干し大根に箸をつけた。味は悪くなかった。

「おいしいでしょ？」

「ああ」

「おふくろに作り方を教わったのよ。死んだ母親には、いろんなことを教わったわ。でも、男として、まっすぐに生きることはできなかった。ある意味では親不孝よね。だけど、仕方ないわよ。あたし、女よりも男のほうが好きなんだから」

「いろんな生き方があってもいいと思うよ」

「あたし、あんたみたいなタイプは嫌いじゃないわ。ノンケのあんたを、あたしたちの世間に引きずり込んじゃおうかしら？」

「そいつは勘弁してくれ」

「やっぱり、ノンケなのね。つまんなーい」

「登坂は近いうち、ここに来そう？」

「わからないわ。ごくたまに、気まぐれに遊びに来るだけだから。それにしても、彼はなんであたしの名を使ったのかしら？」

「おれに正体を突き止められたくなかったからだろうな」

「ということは、登坂は何か疚(やま)しいことをしてるわけね。エージェントめいたことのほかに何をやってるのかしら？」

「真杉知佐子たち五人の女囚は快楽殺人の生贄(いけにえ)にされたかもしれないんだよ」

「何なの、それは⁉」

小柴の声が裏返った。

見城は霧降高原の古びた洋館で見たことをかいつまんで話した。口を結ぶと、小柴が言った。

「洋館の裏庭に砕いた人骨らしい欠片があったんだったら、殺された女たちの肉は小さく切り刻まれて、養豚場の餌箱か何かに投げ込まれちゃったんじゃない？　だから、なかなか死体が発見されないのよ」

「ママも、そう思うか」

「きっとそうにちがいないわ。登坂がそんな残忍なことをするとは思えないけどね。ううん、やりかねないかもしれない。冬山でサバイバル・トレーニングをしたとき、登坂は罠にかかった野兎や山鳩をひと思いに楽にしてやらないで、徐々に獲物が弱っていくとこを嬉々とした顔で見てたの。案外、根は暗い性格なのかもしれないわ。彼、小五のときに両親をバスの転落事故で亡くしてから、親類の家をたらい回しにされてたらしいの。それで、ちょっと性格が捩曲がっちゃったのかもね」

「そうなんだろうか。登坂の口から、気賀、相川、星なんて名を聞いたことは？」

「ううん、ないわ。その三人は、登坂の仲間なのね？」

「そうなんだ。登坂たち四人組を動かしてる女がいるんだが、露木芽衣子という名前を登坂が口にしたこともない？」

見城は訊いた。

小柴が黙って首を横に振る。その直後、カウンターの端にある電話が鳴った。小柴が離れた隙に、見城は素早く超小型の盗聴マイクをカウンター下の金属留具に貼りつけた。

マイクはピーナッツ大で、底の部分は磁石になっている。集音能力は高かった。しかも、人の声だけを鮮明に拾うという優れた製品だった。

登坂がこの店に来るという保証はないが、何も手を打たないよりはましだろう。

見城はロックを飲み、またロングピースをくわえた。ふた口ほど喫ったとき、小柴が電話を切った。

「最近の若い子は、だらしがないわね。ちょっと熱っぽいから、お店を休ませてくれだって」

「ママも大変だね」

「ほんとよ。そりゃそうと、チーコ、どこかで生きててほしいわね。あの娘が死んでたら、あたし、ショックだわ」

「おれも真杉知佐子には生きててもらいたいよ。いくら払えばいいかな？」

「ロック二杯だったわね。三千円でいいわ」

「情報料込みだよ」

見城はカウンターに一万円札を置き、スツールから腰を浮かせた。

そのとき、二人の従業員が店に入ってきた。どちらもユニセックス風の服装だった。

「ママ、せいぜい稼いでよ」

見城は小柴に言って、大股で店を出た。

エレベーターで一階まで降り、ホールの隅にある緑色の公衆電話に歩み寄った。見城は、新橋にある名簿ライブラリーに電話をかけた。

そこには、大学の卒業生名簿、企業の社員名簿、公官庁職員名簿、美術家団体や文芸家団体の会員名簿が揃っていた。館長の和久井満寿雄という男とは顔馴染みだった。和久井は五十八、九歳で、気がよかった。

少し待つと、館長本人が受話器を取った。

「見城だよ」

「やあ、どうも！　先日は大好物の〝いいちこ〟を十本も配達してもらって、悪かったね。やっぱり、酒は焼酎が一番だよ」

「それじゃ、そのうち〝いいちこ〟を一年分プレゼントするよ。その代わりってわけでもないんだが、ちょっと調べてほしいことがあるんだ」

「どんな名簿でも一分あれば、たいてい棚から引き出せるよ」

「和久井さんとこには、公務員名簿もあるよね」

「ああ、だいたい揃ってる」

「公安調査庁と内閣調査室の職員名簿は？」

「申し訳ない。どっちも入手困難で、ここにはないんだ」

「それじゃ、陸自の幕僚監部調査部別室の職員名簿もなさそうだな」

見城は探りを入れた。

「あ、痛(いた)たた。それも、ここにはないね。調査部別室は情報機関だから、そもそも職員名簿なんかないいんじゃないのかな？」

「そうかもしれないね」

「見城さん、なんの調査を引き受けたの？」

「ただの人捜しだよ」

「余計な忠告かもしれないけど、国家の情報機関を刺激するようなことはしないほうがいいよ。ＣＩＡや旧ＫＧＢほどじゃないだろうけど、連中は非情だって噂があるからさ」

「危険なことはしないよ。そのうち、ゆっくり飲みましょう」

「そうだね。お役に立てなくて申し訳ない」

和久井が先に電話を切った。

見城はフックを押し、今度は百面鬼の携帯電話を鳴らした。百面鬼が、すぐに電話口に出た。

「おれだよ。新しい女のことで、ちょっと相談があるんだ」

「新しい女!?」

「そう、新しい女だよ」

「ああ、新しい女ね」

「彼女のことで、相談に乗ってほしいんだ。一時間後に例の所にいるから、電話をもらいたいんだ。できたら、公衆電話を使ってくれないか」

「そうすらあ」

「よろしく!」

見城は受話器を置き、最後に峰岸の自宅の近くにいる松丸に電話をかけた。自動車電話の特殊盗聴防止装置が取り外されていたことを話し、ゲイバーに超小型の盗聴マイクを仕掛けたことも語った。

「おれが大塚に回ればいいんっすね」

「そう」

「詳しい場所を教えてください」

松丸が言った。見城は目標になる建物や店名を教え、飲食店ビルを出た。

ローバーは五、六メートル離れた路上に駐めてあった。運転席に坐ったとき、携帯電話が着信音を発した。

携帯電話を左耳に当てると、聞き覚えのある女の声が響いてきた。

「あなた、タフなのね。てっきり死んだかと思っていたら、崖をよじ登って、山の中を歩いてたんですって?」

「露木芽衣子だなっ」

見城は声を高めた。

「あなたには、そんな名前を使ったんだったわね」

「何者なんだ?　そっちが気賀たち四人に指示を与えてるようだなっ」

「霧降高原の朽ちかけた洋館で見たことは、すべて忘れたほうがいいわ。あそこで、あなたは何も見なかった。いいわね?」

「見ちゃったものを見なかったことにしてもいいが、一つだけ条件がある。そっちと二人だけで会いたいんだよ」

「うふふ。何か企んでるのね」

「そうじゃない。そっちをちゃんと抱きたいだけだよ。老版画家の山荘の浴室で短く交わっただけだからな」

「そんな見え透いた手に乗るほど、こちらは甘くないの。栃木での出来事はすべて忘れて、真杉知佐子たち五人の行方を追うこともやめるのね。しつこく嗅ぎ回ると、今度は本当に命を失うわよ」

「一つだけ教えてくれ。真杉知佐子たちも快楽殺人の生贄にしたんじゃないのかっ」

「五人とも元気だわ。ちゃんと生きてるわよ」

「どこで？　どこで生きてるんだ」

「それは言えないわ。とにかく、調査は打ち切ることね。さもないと、あなたの周囲の人間が不幸になるわよ」

「癪だが、言われた通りにしよう。その代わり、東京地裁の百面鬼幸二を解放してくれ。あんたたちが監禁してるんだろ！」

「何か勘違いしてるようね。わたしたちは、そんな男は知らないわ」

「空とぼける気かっ」

「とにかく、忠告したわよ。わざわざ忠告してあげたのは、わたしの愛だと思ってちょうだい。うふふ」

芽衣子と自称した女が含み笑いを響かせ、急に電話を切った。

自称露木芽衣子はどこの誰なのか。見城はエンジンを始動させた。

南青山の『沙羅』に着いたのは八時前だった。カウンターでバーボン・ロックを飲んでいると、店の固定電話が鳴った。

百面鬼からの電話だった。

見城はカウンターの端に移動し、銀宝堂に登坂剛が現われたことから経過を話しはじめた。もちろん、ゲイバーの経営者と登坂の繋がりも話した。自称露木芽衣子から脅迫電話がかかってきたことも喋った。

「陸自の調査部別室や公安調査庁、それから内閣調査室も外部の者には、徹底した秘密主義だからなあ」

百面鬼が言った。

「おそらく登坂たち四人は、その三つの機関のどこかに在籍したことがあるんだろう。調べ出す方法はないかな」

「警察庁の有資格者の誰かを脅して、なんとか探らせよう。あそこは、内調とは親戚づき合いをしてるからな。陸自の調査部別室は内調の室長の指揮下にあるわけだから、何とかなるだろう」

「百さん、頼むよ。その後、敵は何も言ってこない？」

「ああ。幸二の野郎、どうしてるかな。あいつ、弱っちいくせに、負けず嫌いだから、ちょっと心配なんだ。犯人どもを怒らせたら、危いことになるからな」

「四人組の誰かの正体がわかれば、幸二君の救出に向かえるんだが……」

「登坂って野郎が今夜あたり、『紫』ってゲイバーに顔を出してくれねえかな。そっちには、松が張り込んでるんだったよな？」

「そう。おれも、それを期待してるんだが……」

「見城ちゃん、早いとこ新しい盗聴防止装置を携帯電話に付けて、車に音のでっけえ防犯ブザーを取り付けたほうがいいぜ」

「そうするよ。これから、おれはまた大塚に戻るつもりなんだ」

「松は、敵にまだマークされてねえんだろう？」

「多分、まだマークはされてないと思うが、油断はできないな」

「それでも見城ちゃんの携帯よりも、奴のモバイルフォンのほうが少しは安全だろう。何かあったら、松の電話を鳴らすよ」

「そうしてくれないか。それじゃ！」

見城は店の電話を切り、自分の席に戻った。グラスを空けたら、すぐに店を出るつもりだった。

2

一本道になった。

しかも、ほとんどカーブがない。前を走る覆面パトカーのギャランがよく見える。

埼玉県比企(ひき)郡の丘陵地帯だった。あと十数分で、午後四時になる。

「もう少し車間を取ってくれ。敵の人間が、どこかで見てるだろうから」

見城は助手席に深く凭れかかり、運転中の松丸に言った。

松丸が減速した。ワンボックスカーだ。

前を走るギャランのステアリングを握っているのは百面鬼だった。

「犯人グループは何を考えてるんすかね。急に北条警視総監のスキャンダルは、もう押さえなくてもいいだなんて。まだ期限まで時間があるのに」

松丸が小首を傾(かし)げた。

「敵が本当に欲しがってるのは、五十七人の警視庁の有資格者(キャリア)たちの弱みの証拠だったんだろうな」

「それだったら、最初っから、百(どう)さんに五十七人の弱みを裏付ける写真や録音音声を要求すればいいことじゃないっすか」

「最初に警視総監の弱みを押さえろと百（どう）さんに命じたのは、自分たちの狙（ねら）いをぼかしたかったからだろう。つまり、陽動作戦だったんだよ」

「ああ、なるほどね」

「松（まつ）ちゃん、眠いだろう？　昨夜（ゆうべ）はゲイバーの閉まる午前二時まで、登坂が現われるのを待ってたんだから」

「おれは平気っすよ。見城さんのほうが大変だったんじゃないんすか？」

「大変？」

見城は訊き返した。

「おれがこの車で迎えに行ったとき、見城さんの部屋に里沙さんがいたっすよね。彼女、泊まったんでしょ？」

「ああ。しかし、ナニしなかったんだ。ちょっと疲れてたからな」

「信じられないっすね。百（どう）さんほどじゃないだろうけど、見城さんも女好きだからなあ」

松丸がにたついた。

見城は曖昧（あいまい）に笑い返した。言ったことは事実だったが、疑われても仕方ない。昨夜、帰宅したのは午前三時ごろだった。仕事の帰りに寄った里沙は起きて待ってくれていた。

約束通り、彼女は北条警視総監の愛人になりすまし、パトロンとの甘い生活をもっともらしくレコーダーに録音してくれてあった。見城は数点の写真を合成し、北条と里沙の熱いショットをこしらえた。部屋の中に盗聴器は仕掛けられていなかった。

見城と里沙が眠りに入ったのは明け方だった。

五時間も経たないうちに、百面鬼から連絡が入った。

幸二を連れ去った犯人グループから、きょうの午後四時に指定の場所に五十七人分の警察幹部のスキャンダル写真や録音音声を置けと命じられたという。それを受け取り次第、百面鬼に弟の監禁場所を教えるという話だったらしい。

「犯人どもは、本当に幸二さんを解放してくれるっすかね？」

「そいつは何とも言えないな」

「しかし、スキャンダル写真や録音音声の入ったビニールの手提げ袋を丘の斜面に置けって指示もなんか妙っすね。そういう場所なら、百さんの近くに捜査員がいるかどうか一目瞭然っすけど、敵の人間も自分の姿をまともに晒す恰好になるわけでしょ？」

「ああ。受け渡し場所が丘の斜面だからな。まともに姿を晒さずに手提げ袋だけを持ち去る方法を思いついたんだろう」

「どんな手を使うつもりなんすかね？」

「ちょっと想像がつかないな。受け渡し場所の近くに穴でもあって、それは林に抜けられるトンネルになってるのかもしれない」

「モグラ作戦っすね。どんな手を使うか知らないっすけど、敵は何か考えてるっすよ」

「おれも、そう思う」

見城は鹿革(しかがわ)のサファリハットを目深(まぶか)に被り直した。

上着は、やはり鹿革のジャケットだった。下はチノクロスパンツだ。靴はアウトドアシューズだった。

左手首に嵌(は)めたスポーツウォッチ型のトランシーバーがかすかな空電音を放った。

見城は左手で顎(あご)を撫(な)でる真似をした。時計バンドのそばにある小さなスピーカーから、百面鬼の声が響いてきた。

「左手前方に、目印の青いバンダナが見えてきたぜ。枝に結びつけてある」

「どのくらい先？」

見城はトークボタンになっている竜頭(りゅうず)を押し込み、小声で訊いた。

百面鬼も同じ型(タイプ)の特殊トランシーバーを左手首に装着していた。

市販されている製品ではない。電機大学を中退した松丸が試行錯誤(さくご)の末に、数カ月前にようやく完成させた試作品だった。感度の点で改良の余地がありそうだが、トランシーバーの機能は充分に備えている。

「百二、三十メートル先だな。おれは目印の横に車を駐めて、丘の斜面に出らあ。見城ちゃんたちは少し手前に車を駐めてくれや」

「了解！　それじゃ、おれたちは下から丘の斜面を少しずつ登っていく」

「わかった。おれは日章旗の立った場所に手提げ袋を置いたら、すぐに駆け足でギャランに戻れって言われてんだ」

「幸二君の居場所は、携帯電話で教えてもらえることになってるんだったね」

「ああ。けど、電話をしてくれるかどうか」

「とにかく、おれは手提げ袋を取りに来た奴を押さえる。そいつを痛めつけて、幸二君の監禁されてる場所を吐かせるよ」

「頼りにしてるぜ」

　交信が途絶えた。

　見城は前方を見た。百面鬼の覆面パトカーが停止した。道の両側は雑木林になっていた。

「車を停めてくれないか」

見城は松丸に声をかけた。

松丸がワンボックスカーを道の端に停めた。見城たちは車を降り、左側の雑木林の中に走り入った。

三十メートルも進むと、樹木の間に草に覆われた丘が見えてきた。なだらかな斜面だった。草スキーには、もってこいの場所だ。

見城は鹿革のジャケットの内ポケットから、小型の双眼鏡を掴み出した。すぐに目を当て、レンズの倍率を最大にする。

草のなびく斜面に、小さな日章旗が突き立てられていた。

その周りには、まったく人影はない。見城はブルゾン姿の松丸を目で促し、雑木林の端を中腰で歩いた。丘の斜面を百メートルほど登ると、ビニールの手提げ袋を右手に持った百面鬼が林の中から姿を現わした。ワインレッドの背広を着ていた。

百面鬼は丘を横切り、日章旗のポールの横に手提げ袋を置いた。短く周囲を眺め回してから、やくざ刑事は小走りに雑木林に向かった。

「松ちゃん、急ごう」

見城は若い盗聴器ハンターに言って、先に林の斜面を駆け上がりはじめた。松丸がすぐに追ってくる。

百面鬼の姿が見えなくなった。その直後、丘のてっぺんに白い帆のような物が見えた。見城は立ち止まって、双眼鏡を覗(のぞ)いた。

丘の上には、パラグライダーを背負った男が二人いた。相川と星だった。二人は右手に、逆鉤(ユニバーサル・フック)の付いた長い棒を握りしめている。

長い棒で手提げ袋を掬(すく)い上げる気らしい。見城は歯噛(はが)みした。

いま丘に飛び出したら、幸二は殺されるかもしれない。見城は動くに動けなかった。

ヘルメットを被った相川と星が目配せし合って、斜面を駆け降りはじめた。

細長いパラシュートが風を孕(はら)んで、大きく膨れ上がった。相川が走る速度を少し落とした。

先に離陸(テイク・オフ)したのは、スポーツ刈りにしている星だった。少し遅れて、獅子面(ししづら)の相川も空に舞った。

「奴ら、パラグライダーを使ったのか」

松丸が呻(うめ)くように言った。

見城は星の動きを目で追った。星が日章旗をめざして飛来してくる。右手に持ったフック付きの棒は、地上すれすれに垂れていた。

だが、星は目測(もくそく)を誤(あやま)った。

半円を描くように下から掬い上げられた逆鉤付き棒は、手提げ袋の端を掠めただけだった。星のパラグライダーは、そのまま丘の下に飛んでいった。

数秒後、相川がフックにうまく手提げ袋の把手を引っかけた。一瞬、パラグライダーの高度がわずかに下がったが、すぐに風に乗った。

相川は手提げ袋を釣り上げたまま、星を追うように丘の下の方に飛び去った。

「やられましたね」

「まあ、仕方ないさ。車に戻ろう」

見城は松丸とともにワンボックスカーに戻った。

ロングピースを二本喫い終えたとき、百面鬼からトランシーバーによる交信があった。

「いま、犯人側から電話があったよ。幸二は数キロ離れた寺の墓地にいるらしいんだ」

「墓地に!?」

「ああ。墓石に縛りつけてあるってよ。おれたち兄弟は寺の子なんで、ブラックユーモアのつもりなんだろう」

「寺の名は?」

「ちゃんと聞いたよ。道順も教わった。おれの車の後をついてきてくれ」

「了解!」

見城は交信を打ち切り、松丸に車をスタートさせた。

ギャランは丘陵地帯を抜けると、嵐山町役場のある通りに出た。町役場の斜め前に、東武東上線の武蔵嵐山駅があった。

「このあたりに、犯人グループのアジトがあるんすかね？」

松丸がステアリングを巧みに操りながら、小声で話しかけてきた。

「いや、多少の土地鑑があるだけだろう。おそらくアジトは別の場所にあるんだと思うよ」

「そうなのかもしれないっすね。それはそうと、パラグライダーを使うとは、意表を衝かれたな」

「おれも、まるで予想できなかったよ。もしかすると、敵がヘリを使うかもしれないとは思ってたんだが……」

「そうっすか。それはともかく、幸二さんが無傷だといいっすね」

「そうだな」

見城は短く応じ、前を行くギャランに視線を向けた。

覆面パトカーは東上線の線路を突っ切り、関越自動車道と並行している県道を走っていた。付近には新興住宅が建ち並び、ところどころに畑があった。

やがて、右手に嵐山PA（パーキングエリア）が見えてきた。

ギャランはさらに直進し、小川町（おがわまち）の外れで左に折れた。狭い町道をしばらく進むと、畑の中に目的の寺があった。

本堂はみすぼらしかったが、墓地は広かった。ギャランが寺の前に停まった。すぐに百面鬼が車を降りて寺の門を潜（くぐ）った。

松丸が覆面パトカーのすぐ後ろに、自分の車をパークさせた。

見城と松丸も墓地に走り入った。境内（けいだい）に人の姿はなかった。

百面鬼は奥の方にいた。地味な色の背広を着た百面鬼幸二は黒御影石（くろみかげいし）の墓石の縁石に腰かけさせられ、ロープで墓石に括（くく）りつけられていた。口は布テープで封じられている。

ノーネクタイだった。ワイシャツは薄汚れていた。

兄よりも細身で、顔立ちも整っている。

だが、表情が普通ではなかった。目が虚（うつ）ろだった。

合成幻覚剤のジメチルトリプタミンをたっぷり服（の）まされたのだろう。

見城はそう思いながら、幸二に笑いかけた。幸二はぼんやりとした目を向けてきたが、にこりともしなかった。

「幸二、何をされたんだ？」

百面鬼が言いつつ、実弟の口許の布テープを剥がした。

幸二が溜めていた息を吐いた。しかし、何も言わなかった。不思議そうな顔で、兄を見上げている。

「幸二君は、合成幻覚剤か何か投与されてるようだな」

見城は百面鬼に言った。

「そうみてえだな。けど、どこも怪我してねえみたいなんで、ひと安心したよ」

「幸二君が自分を取り戻すまで、あまり質問はしないほうがいいと思う」

「ああ、そうすらあ」

百面鬼が大きくうなずき、縛めをほどきはじめた。すると、急に幸二が怒声を張り上げた。

「わたしに触れるな。離れろっ。おたくは誰なんだ！」

「おいおい、しっかりしろや。おれは、おまえの兄貴だろうが。幸二、兄ちゃんだよ」

「兄に似てるが、おたくはわたしの兄じゃない」

「おまえ、大丈夫かよ！　おれと違って、おまえはガキのころから頭がよかったのに、兄貴の面も忘れちまったのか。情けねえ話だ」

「そうか、おたくはわたしの兄を殺すつもりなんだな」

「わけのわからねえことを言ってねえで、少し黙ってな」

百面鬼が弟の頭を撫で、ロープをほどいた。

次の瞬間、幸二が兄に体当たりをくれた。百面鬼が少しよろけた。

その隙に、幸二が逃げた。怯えきった表情だった。見城は幸二を追った。組みつき、羽交い締めにした。

「わたしを殺しても、おまえたちはいずれ捕まるぞ。日本の警察は優秀なんだ」

幸二が喚いた。百面鬼が歩み寄ってきた。

「おい、杉並のおまえの家に帰ろう。陽子が心配してるぜ」

「わたしの妻に何をしたんだっ。まさか力ずくで……」

「おれが弟の女房に悪さするわけねえだろうが！」

「おたくは、わたしの兄じゃない。兄に化けた殺し屋だっ」

幸二がそう言い、百面鬼を蹴った。蹴りは太腿に当たった。

「少し眠れよ」

「わたしを殺す気だな？」

「幸二、恨むなよ」

百面鬼は言うなり、弟に強烈な当て身を見舞った。

幸二が短く呻き、すぐに気を失った。

「見城ちゃん、ギャランの運転を頼まあ」

「わかった」

「弟はおれが担いでいく」

百面鬼が身を屈め、幸二を分厚い肩に担いだ。

見城は松丸と一緒に先に墓地を出た。覆面パトカーのリア・ドアを開け、百面鬼たちを待つ。

「おれ、後ろから従いていくっす」

松丸がそう言って、自分のワンボックスカーに走り寄った。

少し経つと、弟を担いだ百面鬼が寺の門から出てきた。ギャランの後部座席に幸二を坐らせ、百面鬼もかたわらに腰かけた。

見城は覆面パトカーの運転席に入り、サファリハットを助手席に置いた。

「弟の妻に電話しといてやろう」

百面鬼が携帯電話を取り出し、幸二の妻に電話をかけた。妻の陽子は夫の無事を報されれ、すぐ涙ぐんでしまったようだ。

「これから弟を連れて帰るよ。悪いが、練馬のおふくろんとこに電話しといてくれねえか」

百面鬼が言って、電話を切った。

見城はギャランを穏やかに走らせはじめた。松丸も車を発進させる。

「幸二の奴、精神攪乱剤みてえなものを服まされたんじゃねえのかな」

百面鬼が沈んだ声で言った。

「幸二君は百さんを犯人グループの人間と間違えてるだけで、話の辻褄はちゃんと合ってた。精神の攪乱はしてないと思うよ」

「そうだと、いいがな」

「さっきも言ったように、合成幻覚剤か何かを服まされただけさ」

「なら、正気になれば、いろんなことを思い出すな」

「多分、大きな手がかりを得られるだろう。それはともかく、犯人どもは警察官僚たちの弱みの証拠を押さえて、何をする気だと思う？　狙いは、銭じゃないと思うんだが

……」

「銭じゃねえな。警察じゃエリート中のエリートばかりだが、五十七人は別にリッチマンってわけじゃねえ」

「となると、情報集めをさせる気なのかな」

「いや、そうじゃねえだろう。ひょっとしたら、犯人グループは有資格者（キャリア）を脅して、殺しを代行させる気なんじゃねえのか」

「暗殺の標的は、言論人たち？」

「露木芽衣子と称した女の背後にいる黒幕が言論弾圧を企んでるとしたら、新聞社の社主、高名な社会評論家、進歩派の学者たちがシュートされるんじゃねえかな」

「しかし、エリートたちの中で射撃術に長（た）けてる奴はいないだろう。シュートし損なう恐れもあるな」

「至近距離で撃たせりゃ、そう失敗（ドジ）は踏まねえさ」

「暗殺の代行か。そう突飛（とっぴ）なことでもないな」

見城は小声で呟（つぶや）き、少しずつアクセルを踏み込んでいった。

3

監禁場所はどこだったのか。

見城は覆面パトカーの助手席から、家並（やなみ）を眺めた。

百面鬼が運転するギャランは群馬県桐生（きりゅう）市を走っていた。国道六十六号線だ。

きのうの午後四時過ぎに救出した百面鬼幸二は、後部座席に坐っている。もう薬物による錯乱は収まっていた。

「ぼくが監禁されてたのは、絶対に桐生市のどこかだよ。きのうの朝、桐生市役所の広報車のアナウンスがはっきりと聞こえたんだ」

　幸二が兄に言った。

「おまえは自宅マンションの近くの暗がりで二人組の男にいきなり腕を摑まれて、黒い布袋をすっぽりと頭から被せられたって言ってたな」

「そうなんだ。それで、すぐに高圧電流銃(スタンガン)の電極棒を手の甲に当てられたんだよ。体が痺(しび)れて動けなくなると、今度は麻酔薬を注射された」

「意識を取り戻したとき、おまえは太い柱に縛りつけられてスポーツタオルで目隠しされてたんだったな？」

　百面鬼が確かめた。

「そう」

「二人の男は、おまえのそばにいたのか？」

「ほとんどね。でも、携帯電話を使うときは表に出ていったよ」

「今朝(けさ)、おまえは廃屋(はいおく)に監禁されてたようだって言ってたが、そう断言できる根拠

「家の中に絶えず隙間風が入ってきたし、空気が埃っぽかったんだ。それに、星って呼ばれてる男が『畳がふやけてる』とか『ぺんぺん草が生えてらあ』なんて言ってたんだよ」

は？」

「ああ、それでか」

「そうなんだ。相川って奴は、しょっちゅう、ウイスキーのポケット壜のキャップを外してたよ」

「相川と星は夜は、寝袋に潜ってたって話だったよな？」

「そう。ぼくは柱に縛られたままだったけどね」

「菓子パンやおにぎりをくれたときも、目隠しは外してくれなかったのか？」

「そうだね。口を開けると、喰い物を押し込んでくれたんだよ」

「ションベンのときは？」

「やっぱり、縛られたままだったよ。何かの空き缶にさせられたんだ」

「ペニスは、どっちかが摑み出してくれたんだな？」

「いつも相川って奴だったよ。あいつ、ゲイだと思うよ」

幸二が言った。すぐに百面鬼が早口で訊いた。

「くわえられたのか？」

「そこまではされなかったよ。でも、ペニスをしごかれたり、息を吹きかけられた。そのたびに、鳥肌が立ったよ」

「だろうな。そりゃそうと、二人の会話を憶えてるか？」

「だいたいね」

「気賀とか登坂なんて名は出てこなかった？」

「いや、どちらの名前も一度も……」

「女の名前や別の名は？」

「まったく出てこなかったよ。あいつら、競馬や競艇の話ばかりしてた。ただ、妙なことを言ってたな」

「どんなことを言ってたんだ？」

「関東テレビの株を十万株でも貰おうかなんて言ってたんだよ」

「関東テレビか」

「そう。ぼくは関東テレビとはなんの関わりもないのに、おかしなことを言うなって思ったんだ。兄貴、何か思い当たるようなことがある？」

幸二が訊ねた。

「何もねえな」

「兄貴はきのう、犯人たちに何か渡したんだろう？　それは何だったの？」

「ある国会議員のばか息子が起こした殺人未遂事件の捜査資料だよ」

百面鬼がごまかし、ハンドルを大きく切った。

見城は冷や汗を拭って、窓の外に視線を向けた。梅田町二丁目と書かれたバス停留所が目に留まった。バスを待つ初老の女たちが何か愉しげに談笑している。

午後二時過ぎだった。親しい者たちが連れだって、桐生市の市街地にでも買物に行くのかもしれない。

「兄貴の話だと、峰岸判事が『愛国青雲党』の連中にぼくを拉致するよう依頼したってことだったけど、なぜ、そんなことを……」

「峰岸にはロリコン趣味があって、東南アジアの少女売春婦を買ってたんだよ。その弱みを謎の集団に握られて、おまえの拉致に協力させられたようなんだ。峰岸は自分のスキャンダルが公になることを恐れて、『愛国青雲党』の親玉の伴野哲人に泣きついたんだろう。けど、伴野と謎のグループとは繋がりがなかった」

「峰岸判事の話に嘘はないんだろうか。彼は東京地検の検事と結託して、判決に手加減をしてた疑いがあるんだよ。その証拠集めをぼくがはじめたんで、慌てて手を打とうとしたんじゃないのかな」

「そのあたりのことは、おまえがじっくり調べてみろや」

「ああ、そうするよ。場合によっては、峰岸判事と地検の検察官を告訴することになるだろうな」

　幸二が辛（つら）そうに言った。

「好きなようにしな」

「それから、兄貴に一つだけ訊きたいことがあるんだ。陽子が警察に捜索願を出そうと言ったとき、なぜ反対したわけ？」

「それは、おれが警察の人間だからさ」

「しかし、新宿署と杉並署は管轄が違うじゃないか。兄貴を疑いたくはないけど、誘拐犯グループに狙われるような悪いことをしてるんじゃないのか？」

「幸二！　てめえ、なんてことを言い出すんでえ。仮にも、おれは現職の刑事だぜ。人に後ろ指をさされるようなことは何もしてねえよ」

「ほんとだね？」

「当たりめえだろうが！　実の兄貴を疑うなんて、ひでえ話じゃねえか。おれは情けねえよ」

百面鬼が不自然なほど感情的な物言いをした。

見城は、百面鬼の横顔を見た。狼狽(ろうばい)の色が宿っていた。

「疑ったりして悪かったよ」

幸二が謝った。百面鬼は無言でうなずいたきりだった。

「監禁されてる間、何か気づいたことは？」

見城は上体を捻(ひね)って、百面鬼の弟に質問した。

「時々、野鳥のさえずりが聞こえました。それから人や車の通る音はしませんでしたから、野中の一軒家だったんだと思います」

「ほかに気づいたことは？」

「男たちが桐生川ダムまで下(くだ)れば、煙草の自動販売機があるだろうなんて話してました。それで、星のほうが車で煙草を買いに行ったことがあるんです」

「往復の所要時間は？」

「二十分そこそこだったと思います。だから、ぼくが監禁されてたのは桐生川ダムの近くなんでしょう」

「この道をまっすぐ行くと、桐生川ダムに出るはずだよ。さっき道標が立ってたんだ」

「そうですか。そうだ、それから廃屋からあまり離れてない場所に養豚場があるようでした。風向きによって、異臭が漂ってくることがあったんですよ」

「それだけの手がかりがあれば、監禁されてた場所はわかるだろう」

「そうでしょうね」

幸二が明るく相槌を打った。

十数分走ると、右側に川の流れを塞き止めた小さなダムがあった。ダムの真ん中のあたりに、割に大きな橋が架かっている。

梅田大橋という名称だった。百面鬼が橋の袂に覆面パトカーを停めた。

見城たち三人は車を降り、手分けして聞き込みに回った。

ダムの東側の山の中に廃屋が二軒あることを教えられたのは百面鬼だった。その廃屋のある場所から、七、八百メートル離れた場所に養豚場があるという。

三人はふたたびギャランに乗り込み、梅田大橋を渡った。ダム沿いに北上すると、小さな集落が見えてきた。

その小さな村落の外れに、廃屋に通じる未舗装の道があった。道幅は四メートルもなかった。

百面鬼が覆面パトカーを右折させ、未舗装の道を突き進んだ。両側の畑はほどなく途切れ、周囲は山林になった。

勾配がきつい。道には、雑草が生い茂っていた。

道なりに五、六分走ると、右手に朽ちかけた家が建っていた。屋根は崩れ落ちている。

「ここじゃなさそうだな」

百面鬼はギャランをさらに走らせた。

三百メートルほど行くと、今度は左手に廃屋があった。トタン屋根の粗末な造りだが、外壁は落ちていなかった。ガラスは割れていたが、戸や窓はきちんと嵌まっている。

百面鬼が廃屋の真ん前に覆面パトカーを停めた。

見城たち三人は車を降り、廃屋に近寄った。玄関の前にタイヤ痕があった。煙草の吸殻も落ちていた。

「ここですよ、きっと」

百面鬼の弟が見城に言い、真っ先に廃屋の中に駆け込んだ。百面鬼、見城の順に家の中に入る。

土間に接して板張りの八畳ほどの部屋があり、その左手に和室があった。

十畳間だった。畳は、ところどころ大きくへこんでいる。家具は何もなかった。ぺんぺん草が生えていた。

古いカレンダーや団扇が和室の隅に打ち捨てられている。ガラス戸の外側の雨戸は、あちこち破れていた。剝(む)き出しの梁(はり)や桁(けた)は、蜘蛛(くも)の巣(す)だらけだ。

「ここに縛られてたんだと思います」

幸二が板の間の太い柱を平手で叩いた。

見城は百面鬼の後から、板の間に上がった。幸二の足許には、無数の靴痕があった。

空のウイスキーのポケット壜が四つ転がり、弁当の容器も散乱していた。百面鬼が白手袋を嵌(は)めてから、持参したビニール袋に二人組の遺留品を集めはじめた。

「指紋(モン)から犯人(ホシ)を割り出せるといいんだが……」

見城はどちらにともなく言い、しゃがみ込んだ。

床を仔細(しさい)に観察した。すると、数本の長い髪が落ちていた。毛は細かった。女の髪の毛だろう。毛根に古い血痕が付着している。それで、ＤＮＡ鑑定はできる。

「百(どう)さん、ちょっと来てくれないか」

見城は、剃髪頭(スキンヘッド)の無頼刑事を呼んだ。百面鬼が大股(おおまた)で歩み寄ってきて、近くに屈(かが)み込む。

「どうしたんだい？」

「ここに落ちてる女の髪の毛は、おそらく星か相川の靴の底から剝がれ落ちたんだろう。毛根に黒ずんだ血痕が付着してるんだよ」

見城は小声で言った。

「もしかすると、生贄の死体をバラしたときに抜け落ちたのかもしれねえな」

「おれも、そう思ったんだ」

「それじゃ、こいつも採取しておこう」

百面鬼は床にへばりついている毛髪を抓み上げ、ビニール袋に入れた。

三人はさらに遺留品を探し回ったが、ほかには何も見つからなかった。

廃屋を出ると、幸二が鼻をひくつかせた。

「豚小屋の臭いがするな」

百面鬼が先に言って、小鼻をひくひくと動かした。見城の鼻腔にも悪臭が届いた。

臭気は、斜め向こうの森の先から漂ってくる。

「ついでに、養豚場を見学して帰ろうや」

百面鬼が鋭い目を片方だけつぶり、見城に声をかけてきた。

「そうだな。ロースハムでも造ってたら、分けてもらうか」

「そうしよう」

「兄貴、そんな所になぜ寄るの？」

幸二が訝しがった。

「ちょっとした社会見学だよ。別に、深い意味はねえんだ」

「ぼく、あの臭いに弱いんだよな」

「だったら、おまえは車ん中で待ってな。見城ちゃんと二人で豚さんたちと対面してくらあ。さ、車に乗った、乗った！」

百面鬼が弟を促し、もう一度ウインクした。いかつい男にウインクされても、気持ちが悪いだけだ。

見城は首を横に振りながら、覆面パトカーの助手席に乗り込んだ。

すでに幸二は後部座席に腰かけていた。百面鬼があたふたとギャランの運転席に入り、勢いよく走らせはじめた。パワーウインドーを半分ほど下げ、彼は盛んに鼻翼を蠢かせつづけた。

奥に進むにつれ、臭いは強まった。

森を大きく回った所に、養豚場があった。豚舎は十数棟あった。豚舎の脇には、三つずつドラム缶が置かれていた。残飯や食パンがあふれんばかりに詰め込んであった。

「すぐに戻ってくらあ」

百面鬼が弟に言いおき、最初に外に出た。

見城も車を降りた。凄まじい臭気だった。都合のいいことに、近くに養豚場の作業員の姿はなかった。二人は大股で豚舎に向かった。

「このあたりは栃木との県境に近いはずだ。足尾に抜けて日光市方面に走れば、霧降高原に通じてる」

　見城は歩きながら、低い声で言った。

「四人組が快楽殺人の生贄にした女たちの死体を切り刻んで豚に喰わせてたとしたら、この養豚場が臭えな」

「百さん、いまのは洒落？」

「そんな気はなかったよ。それよか、豚舎の餌箱の底を棒切れで掻き起こしてみようや。髪の毛の付いた頭皮の一部や女たちの指輪が落ちてるかもしれねえからな」

　百面鬼が急に立ち止まって、足許を見下ろした。染みの付いた菜箸が一本だけ落ちていた。それを拾い上げると、百面鬼は最も端にある豚舎に足を向けた。

　見城は錆びた針金を拾って、二列目の豚舎の前に回った。

　舎内には、丸々と太った白豚が二十頭ほどいた。何頭かが驚いて、鳴き騒いだ。しかし、すぐにおとなしくなった。

　U字形の餌入れは、ほとんど空だった。

「騒がないでくれよ」

見城は豚たちに言い、針金の先で餌箱の底を搔き起こしはじめた。悪臭で鼻がひん曲がりそうだ。だが、耐えて作業をつづける。気になる異物は発見できなかった。

ふと百面鬼を見ると、三列目の豚舎の前に屈み込んでいた。見城は四列目の豚舎の餌箱の底を浚いはじめた。少し経つと、針金の先に使用済みのコンドームが引っかかった。

こんな物が、どこでどう紛れ込んだのか。

見城は首を傾げ、ザーメンのたっぷり入った避妊具を後ろに投げ捨てた。そのとき、百面鬼が小声で見城の名を呼んだ。

見城は百面鬼に駆け寄った。百面鬼の靴の先には、潰れたピアスと傷だらけのデザインリングが転がっていた。

「やっぱり、女たちの死体の肉は豚に喰われちまったんだな。なんてことなんだ」

見城は呻いた。

「女囚は服役中は装身具を身につけられねえから、どっちも見城ちゃんが地下室で見たって女たちの物だったんだろう」

「そうにちがいないよ」

「おそらく真杉知佐子たちも快楽殺人の生贄にされて、切り刻まれた肉をここの餌箱に投げ込まれたんだろう。もう少し餌箱の底を引っ掻き回してみようや」

百面鬼が言った。

見城はうなずき、四列目の豚舎に駆け戻った。二人は黙々と作業にいそしんだ。

六列目の豚舎で、見城は勾玉のような金属の塊を発見した。

真杉知佐子の腰椎の一つとして使われていた補強金具なのではないか。そうだとしたら、依頼人の姉は死んでいることになる。

多分、これは人工の腰椎だろう。見城は針金の先で金属の塊に付着した汚れをこそぎ落とし、ハンカチで包んだ。知佐子が手術を受けた病院には、術後のレントゲン写真が残っているだろう。

それと合致すれば、知佐子の死は確実になる。

見城は胸に何かが重くのしかかってくるのを鮮烈に自覚した。その重苦しいものは澱となって、当分、胸の底に蟠りそうだった。

見城は、なおも餌箱の底を浚った。

何分か過ぎると、今度は女の親指の爪が針金の先に当たった。爪は、斜めに断たれていた。挽き肉器のカッター刃で肉ごと削がれたのだろう。

その後、女囚の物と思われる頭髪や陰毛も見つかった。気賀に唆されて脱走した五人の女囚は全員、殺されてしまったのではないか。

依頼人の真杉豊の顔が、見城の脳裏に浮かんで消えた。縋るような顔つきだった。

見城は針金を捨て、百面鬼のいる方に足を踏み出した。

4

気が重い。

見城はレントゲン室の前のベンチに腰かけ、真杉豊が出てくるのを待っていた。文京区千駄木にある東日本医大病院だ。

群馬県の外れにある養豚場で腰椎の補強金具を見つけた翌日の午後三時過ぎだった。

五分ほど待つと、レントゲン室のスチール製ドアが開いた。姿を見せたのは依頼人の真杉だった。表情が暗い。

見城は腰を浮かせ、真杉に問いかけた。

「やっぱり、きみの姉さんの補強金具だったんだね？」

「はい。姉貴の体内に入ってた人工腰椎でした」

「力になれなくて申し訳なかった。勘弁してくれ」

「見城さんの責任じゃありませんよ。姉貴が悪いんです。脱走なんかするから、罰が当たったんでしょう」

真杉は言い終わると、声を殺して泣きはじめた。笑っているような嗚咽だった。

「おれは今後も調査をつづけるよ」

「いいえ、もういいんです。後は警察に任せます」

「もちろん、そうしてもらってもかまわない。しかし、おれは調査を続行するよ。きみのためということじゃなくて、おれ自身のためにね。このままじゃ、気持ちがすっきりしないからな」

「しかし、犯人たちはまともな人間じゃないと思うんです。姉貴たちの死体を小さく切り刻んで豚に喰わせてしまった連中ですので」

「だから、なおさら赦せないんだ」

「しかし……」

「おれのことなら、大丈夫だよ。それより、きみに一つ頼みがあるんだ」

見城は言った。真杉が涙を拭って、顔を上げる。

「なんでしょう?」

「きみはおれが見つけた人工腰椎と古いレントゲン写真を持って栃木の捜査本部を訪ねることになると思うんだが……」

「はい、そうするつもりです。何か都合の悪いことがあります？」

「ちょっとね。さっきも言ったように、おれも犯人捜しをするつもりなんだよ。警察に先を越されたくないんで、おれの名はあくまでも伏せてほしいんだ。もちろん、姉さんの補強金具を養豚場で見つけたという話はしてもらってもいい。ただ、発見者がどこの誰だということは具体的に話さないでもらいたいんだよ」

「わかりました。それじゃ、姉貴の人工腰椎は差出人不明の小包で届いたことにしましょう」

「そうしてもらえると、とても助かるな」

「それじゃ、ご希望通りにします。ところで、調査費用はいくら払えばいいんでしょう？」

「いい結果が出なかったんだから、費用はいらないよ。きみから金を貰ったりしたら、あの世にいるさやかに軽蔑されるだろ」

「しかし、それでは、ぼくが困ります。三十万円では少ないでしょうか？」

「金はいらないよ、本当に。どうしても、きみの気持ちが済まないんだったら、そのうち渋谷の自宅兼事務所にスコッチでも一本届けてくれないか。それで、充分だ」

「それでは、こちらで何か適当な物を届けさせてもらいます」

「銀座の店まで車で送ろう」

見城は言った。

「きょうは仕事を休ませてもらったんです」

「そうだったのか」

「姉貴のことをおふくろに電話で報告しなければならないので、きょうはここで失礼させてもらいます」

真杉がレントゲン写真の入った大きな袋を胸に抱え、急ぎ足で待合室の方に向かった。

見城は病院の通用口から広い駐車場に出た。

ローバーに乗り込み、ロングピースに火を点けた。午前中のうちに携帯電話に新しい特殊盗聴防止装置を取り付け、車のドアには防犯ブザーをセットしてあった。敵の誰かが無理にドアをこじ開けようとしたら、周囲二百メートルに届く高い警報が鳴り響くだろう。

見城は紫煙をくゆらせながら、カーラジオのスイッチを入れた。何度か選局ボタンを押すと、ニュースが流れてきた。

「きょうの午後一時過ぎ、地下鉄霞ケ関駅ホームから、中年の男性が電車に飛び込んで亡くなりました」

若い女性アナウンサーが、少し間を取った。

「この男性は、東京地方裁判所刑事部の峰岸歩判事、五十歳です。峰岸さんは部下の拉致監禁事件に自分が深く関わっていることを綴った遺書を職場の自席に置いた後、飛び込み自殺を遂げた模様です。また、遺書の中には、峰岸さんが謎の組織に脅迫されていたことも記されていました」

ふたたびアナウンサーが言葉を切った。

峰岸判事は百面鬼の弟が救出されたので、死を選ぶ気になったのだろう。裁判に手心を加えた悪徳裁判官だったが、ある意味では気の毒な男だ。いや、年端もいかない少女娼婦を買っていたようだから、何も同情することはない。

見城はそう考えながら、煙草の灰を落とした。

「次のニュースです。午後一時半ごろ、毎朝日報東京本社の編集局にロケット弾が撃ち込まれ、十数人の記者が負傷しました。ロケット弾は百数十メートル離れたオフィスビルの空き室から発射されました。発射現場は無人で、時限発射装置が発見されました」

アナウンサーがいったん言葉を切り、すぐに言い継いだ。

「警察の調べによると、毎朝日報の綿貫大輝社主宛に数日前に『左寄りの報道姿勢を正さなければ、天誅を下す』という脅迫状が届いていました。脅迫状の差出人名は『愛国青雲党』になっていましたが、伴野哲人党首はまったく身に覚えがないと犯行を全面的に否定しています。なお、負傷者のお名前と収容先の病院名をお伝えいたします」

アナウンサーが抑揚のない声で、怪我人の氏名、年齢、入院先を報じはじめた。

正体不明の敵が『愛国青雲党』に濡衣をおっ被せたにちがいない。唐津は怪我しなかっただろうか。

見城は短くなった煙草の火を消し、自動車電話に腕を伸ばした。

竹橋にある毎朝日報東京本社に電話をし、社会部に回してもらう。少し待つと、当の唐津が電話口に出た。

「見城です。いま、ラジオのニュースを聴いたところです。唐津さん、怪我は？」

「おれは無傷だよ。ロケット弾が撃ち込まれたときは、地階にあるティールームにいたんだ」

「それは不幸中の幸いでしたね」

「おれ、どうも悪運が強いようだな。それにしても、編集局のフロアはまるで戦場だよ。パソコンは何台も砕けてるし、仕切り壁にもでっかい穴が開いちまってる。机や床には、鮮血が飛び散ってるんだ」

「『愛国青雲党』の犯行に見せかけてるようですが……」

「偽装だろうな。別の組織の仕業臭いね。『愛国青雲党』は単に陥れられただけだと思うよ」

「そうなら、やっぱり何者かが言論弾圧というか、統制を……」

「おそらく、そうなんだろう。ほんの少し前に警察発表があったんだが、評論家の三角宗房が自宅で長男の伸晃を登山ナイフで刺殺して、自分も服毒自殺したよ。父子の無理心中だね」

唐津が言った。

「なぜ、そんなことを？」

「詳しいことはまだわからないが、三十一歳の伸晃が不法滞在中のフィリピン女性をサディスティックに殺したときの録画映像が、三角の自宅に届けられたらしいんだ。三角宗房は息子の殺人ビデオを観て、前途を悲観したんだろうな」

「それで、無理心中をする気になってしまったわけか」

見城は言いながら、栃木の古びた洋館の地下室で目撃した残酷な情景を思い起こしていた。あの五人のゲストの中に、著名な評論家の息子がいたのだろう。

「伸晃は母親に正体不明の男たちに山の中の洋館に連れ込まれて、妙な薬を服まされたことまではっきり憶えてると言ってたそうだ。しかし、その後の出来事については、まったく記憶がないと繰り返してたらしい。おそらく何かでマインドコントロールされて、人を殺してしまったんだろう。しかし、殺人は殺人だ。で、三角宗房は自分と息子の人生は閉ざされたと絶望して、短絡的な行為に突っ走っちゃったんだろうな」

「風巻泰輔の〝転向宣言〟といい、歴史学者の大木戸寛の史観の訂正といい、不可解なことがつづいてます。誰かが進歩的文化人たちの弱みを握って、それぞれの言論を封じようとしてることは明らかでしょう」

「ああ、それは間違いないだろうな」

唐津が確信に満ちた声で言った。

「力で言論統制を企てようなんて、時代錯誤もはなはだしいな。しかし、インテリは総じて暴力に屈しやすい」

「ああ。とんでもない陰謀のシナリオを書いた奴は、知識人の弱点を識り尽くしてるんだろう。それに、マスコミで活躍してる進歩的な文化人だって、ひとりひとりは弱い人間だろうし、それぞれ家族もいる」

「スキャンダルを押さえて、言論活動を妨害することは、それほど難しいことじゃないですよね？」

「そうだな。見城君、何か知ってるんだろう？」

「何かって？」

「また、おとぼけか。おれは、なんの関連もない幾つかの事件がリンクしてると思ってるんだがね」

「もう少し具体的に言ってくださいよ」

「栃木の女性受刑者護送車襲撃事件、女性受刑者たちの行方不明、三角宗房の息子の犯罪、進歩的文化人たちの奇妙な変節は連鎖してるんじゃないのかってことだよ」

「連鎖してるんですかね。おれには、よくわからないな」

　見城は、あくまでも空とぼけた。

「おたくは本当に喰えない男だな。前世は人間じゃなくて、鋼鉄だったんだろう」

「おれは別に何も隠してませんよ。ニュースを聴いて、唐津さんのことが気になっただけなんです」

「どうだかね。今後も、やらずぶったくり路線を貫く気なら、ほんとに一度、高級ソープに招待してもらわなきゃな」

「すみません！　いま、キャッチフォンが入ったみたいなんですよ」

「嘘つけ！　おたくの電話にキャッチフォンの機能なんか付いてなかっただろうが」

唐津が笑いながら、一方的に電話を切ってしまった。

そのうち唐津を一度ソープランドに案内しないと、いまに詐欺師呼ばわりされそうだ。

見城は苦笑した。ほとんど同時に、カーフォンが鳴りはじめた。発信者は百面鬼だった。

「指紋から廃屋にいた二人の正体がわかったぜ。ウイスキーのポケット壜に付着してたのは、元海上保安官の相川勉、三十一歳のものだったよ」

「あのライオン顔の男は、元海上保安官だったのか」

「ああ。一年前まで横浜の第三管区海上保安本部の救護レンジャー隊員をやってたんだ。前科歴はねえんだが、警察庁の指紋登録カードに相川のものが載ってたんだよ」

「やっと手がかりを摑めたな」

見城は明るく言った。

警察庁のデータベースには被疑者や犯罪者の指紋だけではなく、警察官、自衛官、海上保安官、麻薬取締官、税関職員、船員、パイロット、キャビンアテンダントなどの分も登録されている。

「見城ちゃん、喜ぶのはまだ早えんだ。例の頭髪のＤＮＡ鑑定では手がかりを得られなかったんだよ。それからな、相川は海上保安庁をやめた後、半年ぐらい関東テレビの配車係をやってたんだが、その後は勤務先や住所もわからねえんだ」

「それは残念だな。きのう、幸二君は相川と星が関東テレビの株を十万株ぐらい貰いたいなんて妙なことを言ってたと話してたよね？」

「ああ。それがどうかしたのか？」

「いや、いいんだ。それで、星のほうは？」

「星清(きよし)、三十歳。こいつは、一年数カ月前まで横浜税関の職員だったんだ。その後はフリーターをやってたようだが、いまは住所不定なんだよ。つまり、相川と星の居場所はわからねえってわけだ」

「二人は横浜で働いてた時分に、なんらかの接点があったんだろう」

「ああ、多分な。相川と星の交友関係を丹念に洗うほかねえだろう。そっちは、おれが調べらあ」

「よろしく頼むよ。それはそうと、峰岸判事が午後一時過ぎに霞ケ関駅のホームから地下鉄に飛び込んだね。ついさっき、ラジオのニュースで知ったんだ」

「ああ、知ってるよ。そのことで、いま、幸二は本部の人間に事情聴取されてるらしいんだ」

「そう。それから、毎朝日報の東京本社にロケット弾が撃ち込まれた事件(ヤマ)も当然、知ってるよね？」

「見城ちゃん、おれは現職だぜ。いつも覆面(メン)パトの無線を切ってるわけじゃねえよ」

「百(どう)さんは女の家に入り浸ってることが多いからさ」

「それもそうだな」

　百面鬼が苦笑し、すぐに言い重ねた。

「無線といやあ、面白い交信をキャッチしたぜ。おれが脅した警察官僚(キャリア)のひとりが三、四十分前に、全国労働者連合会の徳光晴哉(とくみつはるや)会長を至近距離で撃って逃走中らしいんだ」

「それじゃ、百(どう)さんが言ってたように敵は弱みのあるエリート警察官僚に暗殺の代行を……」

「その疑いは濃いな。徳光は財界と政界の癒着(ゆちゃく)ぶりを機会あるたびに、堂々と非難してたからな。徳光は評論家や学者じゃねえけど、あの歯に衣(きぬ)きせねえ毒舌は右寄りの連中には耳障(みみざわ)りだったんだろう。だから、狙われたんじゃねえか」

「で、徳光会長は？」

「心臓をまともに撃たれたとかで、救急車が到着したときにはもうくたばってたみてえだな。犯人(ホシ)が現職のキャリアなんだから、マスコミは鬼の首を取ったみてえに大騒ぎするんじゃねえの？」

「だろうね。そうだ、あの人工腰椎はやっぱり真杉知佐子の物だったよ。いま、東日本医大の駐車場にいるんだ」

「これから、見城ちゃんはどう動くんだい？」

「いったん渋谷の塒（ねぐら）に帰って、夜は大塚のゲイバーの前で張り込んでみるよ。登坂が現われるかもしれないからさ」

見城は電話を切った。

第五章　残酷な暗殺代行

1

朝刊を折り畳む。

きのう、全国労働者連合会の会長が警視庁の警察官僚（キャリア）に射殺された事件は社会面のトップ記事になっていた。しかし、まだ犯人は逮捕されていなかった。

何か動きがあったかもしれない。

見城はコーヒーテーブルに腕を伸ばし、テレビの遠隔操作器（リモート・コントローラー）を摑（つか）み上げた。

自宅兼事務所の居間だ。午前九時半を回っていた。

瞼（まぶた）が重ったるい。寝不足だった。昨夜は午前二時まで、大塚のゲイバーの近くで張り込んでみた。しかし、ついに登坂は現われなかった。

帰途について間もなく、情事代行の上客から電話があった。三十二歳の演劇プロデューサーだった。

その彼女の自宅は、原宿にある。帰り道ということもあって、見城は誘いに乗った。

女プロデューサーは、アクロバティックな体位が好きだった。

見城は指や口唇を酷使した上に、逆立ちをしているパートナーを支えながら、結合しなければならなかった。俗に〝駅弁ファック〟と呼ばれている体位も求められた。そのせいか、全身の筋肉が痛い。

見城はテレビのスイッチを入れた。

画面には、全国労働者連合会の徳光晴哉会長が射殺された現場が映し出されていた。

すぐに映像が変わり、三十歳前後の男性記者がアップになった。

「もう一度繰り返します。きのう、全国労働者連合会の徳光晴哉会長を射殺した犯人が、今朝八時過ぎに潜伏中の千代田区内のビジネスホテルで逮捕されました」

画面が変わり、九階建ての白いビジネスホテルが映し出された。

「犯人の西尾健、三十四歳は警視庁総務部能率管理課課長で、警察官僚でした。西尾は犯行動機については、依然として黙秘しつづけています。今朝七時過ぎに東都大学社会学部の石堂利重教授を狙撃し損なって緊急逮捕された城道夫、三十二歳も警視庁の警務部教養課課長で、有資格者でした。二人のエリート警察官僚がこのような凶行に走ったことに、関係者は大きなショックを受けています。西尾と城が使用した凶器は、ともにグロック17でした。この拳銃は、主に特殊班のメンバーが潜入捜査のときに使っているものです」

報道記者の顔が消え、画面はスタジオに切り替えられた。ニュースキャスターがゲストの作家にコメントを求めた。

犯罪小説の第一人者として知られる五十代後半の作家は、受験エリートたちの社会性の欠如を熱っぽく語りはじめた。

作家先生のご高説は、見当外れだろう。見城は口を歪め、ロングピースをくわえた。

二人のエリート警察官僚が反体制派の労働運動家や学者を暗殺する気になったのは、自分たちの致命的な弱みを押さえられてしまったからだろう。謎の一味は、残りの五十五人のキャリアにも反体制派の著名人の抹殺を命じるのだろうか。

煙草を半分ほど喫ったとき、玄関ドアにノックがあった。

見城は煙草の火を揉み消し、玄関に急いだ。ドア・スコープを覗くと、百面鬼が立っていた。見城はシリンダー錠を解き、素早くドアを開けた。

「こいつは、評論家の三角宗房の自宅に送りつけられた快楽殺人ビデオのダビングテープだよ」

玄関に入るなり、百面鬼が膨らんだ蛇腹封筒を翳した。

「どうやって、それを?」

「昨夜遅く玉川署の押収品保管室に忍び込んで、ビデオをちょいと拝借して複製テープをとったんだ」

「三角の長男の殺人シーンが映ってるんだね?」

「ああ、強烈なビデオだよ。見城ちゃんに背景を確認してもらいたいと思ってな」

「そういうことか」

見城は百面鬼を居間に通し、すぐにビデオデッキにカセットを入れた。

ほどなく黒い大型テレビに、見覚えのある小部屋が映し出された。まさしく枥木の古ぼけた洋館の地下室だった。

「見覚えがあるよな?」

ソファの肘掛けに腰かけた百面鬼が、早口で問いかけてきた。

「おれが閉じ込められた洋館だよ」

「やっぱり、そうだったか。これで、進歩的な文化人の息子や孫が快楽殺人の罠に嵌められたことがはっきりしたな」

「そうだね。しかし、画面の男はおれが見た五人のゲストの中に入ってないな。こいつが父親に刺殺された伸晃なんだろう？」

見城は確かめた。百面鬼がうなずき、映像に目を当てた。

三角伸晃はフィリピン娘を後背位で貫きながら、カッターナイフで肩や脇腹を傷つけていた。すでに女の尻や腿は血塗れだった。

「新宿や池袋で不法滞在の東南アジア系やコロンビア人の女が二十数人も忽然と姿をくらましてるんだよ。それから歌舞伎町にいた家出少女も七、八人な」

百面鬼が言った。

「敵は生贄を街で調達してたんだな、やっぱり」

「そうにちげえねえよ。三角の倅の目つきは、普通じゃねえな。合成幻覚剤をたっぷり服まされたんだろう」

「ああ。伸晃の左の側頭部に何かが光ってるな」

見城は映像を静止させた。伸晃の側頭部には、鋲に似た金属が埋まっていた。

「バイオチップか骨伝導マイクなんじゃねえのか？」

「そうみたいだね」

「この後、三角の息子は信じられねえようなことをやらかすんだよ。いくらマインドコントロールされてたとしても、人間のやることじゃねえぜ」

百面鬼がサングラスのフレームに手をやって、大きく首を振った。

見城は残酷なビデオを眺めつづけた。

女の尻を抱えたまま、伸晃はカッターナイフを鉄のハンマーに替えた。そして、烈しく突きまくった。女の肩は交互にハードマットレスに埋まった。

やがて、伸晃は果てた。

次の瞬間、彼はハンマーで女の後頭部を叩き潰した。頭蓋骨が深く陥没し、両耳から血糊が垂れはじめた。伸晃は体を離すと、女の裸身を仰向けにさせた。

もう女は死んでいた。伸晃は両目を引き攣らせながら、ハンマーで女の顔面をぐちゃぐちゃに潰した。女の顔は、力任せに地面に叩きつけられたトマトのようになった。

ふたたび伸晃は大型のカッターナイフを手に取り、死体の二つの乳房を深く抉った。腹を十文字に裂き、腸を次々に引きずり出した。

内臓を女の肌に擦りつけ、さらに性器も片側ずつ抉り取った。二つに切り分けられた陰部は、ワッフルのような形になっていた。

伸晃は萎えたペニスを二つの血みどろの肉片で挟みつけ、にやにやと笑った。それから、不意に削ぎ取った女の性器を壁に投げつけた。

電流の通った金網が小さな火花を散らし、白煙が立ち昇った。

伸晃は、また女の死体を俯(うつぶ)せにさせた。手動式のドリルを手に持つと、双丘を穿(うが)ちはじめた。肛門(こうもん)にもドリルを沈めた。

死体を傷つけ終えると、伸晃はふっと正気になったような表情になった。

女の死体から遠のき、全身を震わせはじめた。伸晃は泣きながら、鉄の扉まで這(は)っていった。ビデオの映像は、そこで終わっていた。

見城はビデオテープを停止させ、大きな溜息(ためいき)をついた。

「正体不明の一味は、同じようなビデオテープを何十巻も持ってやがるんだろう。もちろん、罠に嵌められたのは著名な言論人の身内ばかりだ。こんな凄(すげ)え弱みを押さえられたら、反骨精神の塊(かたまり)みてえな連中も逆(さか)らえなくなっちまうよな」

「だろうね」

「そうそう、相川と星の昔の同僚や友人に当たってみたんだが、どっちも現住所はわからなくてな」

「おれのほうも昨夜(ゆうべ)は空振りだったよ」

「そうかい。腐らずに根気よく敵の正体を暴(あば)くことにしようや」

百面鬼がソファにどっかりと坐り、葉煙草(シガリロ)に火を点けた。

見城はダイニングキッチンに行き、二人分のコーヒーを淹れた。二人がコーヒーを飲み終えたころ、百面鬼の上着の内ポケットで携帯電話が鳴りはじめた。

「ビル持ちの未亡人からの誘いだろうな、きっと」

見城は茶化した。

百面鬼がにたついて、携帯電話を耳に当てた。すぐに顔が強張った。電話の遣り取りは短かった。

「敵からの電話だね？」

見城は声をかけた。

「ああ。今度は奴ら、絹子を拉致しやがった」

「えっ、ビル持ちの未亡人を!?　偽じゃないのかな」

「絹子の悲鳴がしたから、嘘じゃねえだろう」

「今度は何を要求されたの？」

「それは、まだだよ。これから、すぐに麻布十番の絹子の家に行けって命令だったんだ」

百面鬼が立ち上がった。顔面蒼白だった。年上の絹子に本気で惚れているのだろう。

「百さん、おれも行くよ」

「これは、おれの問題なんだ。そっちを巻き込むわけにはいかねえ」

「百さんは気が動転してるから、おれが一緒のほうがいいな。百さんが下手に敵の奴らを刺激したら、取り返しのつかないことになる。とにかく、おれも行くよ」

見城は長椅子から立ち上がって、手早く外出の仕度を整えた。百面鬼はリビングセットの周りを意味もなく歩いている。交際相手の安否が気がかりなのだろう。

ほどなく二人は、慌ただしく部屋を出た。

覆面パトカーとローバーを連ねて、港区の麻布十番に向かう。二十数分で、目的地に着いた。

檜山絹子の自宅は、麻布十番の商店街から少し奥に入った住宅街の中にあった。

洋風の鉄筋コンクリート造りの二階家だった。持ちビルは中央区の日本橋にあるらしい。絹子の亡夫は、手広く事業を手がけていたという話だ。

見城たちは檜山邸の塀際に車を駐め、ポーチに駆け上がった。玄関のドアはロックされていなかった。

百面鬼が先に家の中に入った。

見城も、すぐに玄関に身を滑り込ませた。玄関マットが斜めになり、ホールの床には複数の靴痕がくっきりと残っていた。

玄関ホールの右手に広い応接間があり、左手にダイニングキッチン、リビング、床の間付きの八畳間があった。二階には、洋室が三室あるらしい。

見城は百面鬼の後から、十五畳ほどの居間に入った。家具や調度品は、いくらか乱れていた。天然大理石でこしらえられたマントルピースの真上の壁に、インスタント写真がピンで留めてあった。

写真の中の和服の女は、床に倒れていた。麻酔薬を嗅がされたのか。

艶やかな印象を与える女だった。百面鬼には少しもったいないような感じがする。

見城はうっかりそれを口に出しそうになって、慌てて言葉を呑んだ。

「写真に写ってるのが絹子だよ」

百面鬼がそう言い、壁からインスタント写真を引き剝がした。被写体に小声で詫び、カラー写真を上着の内ポケットに収めた。

「百さん、二階の部屋を見てきてくれないか。何か手がかりがあるかもしれないからさ」

見城は言った。

百面鬼が居間を出て、玄関ホールの奥にある階段を駆け上がっていった。見城は屈み込んで、居間の隅々まで目を走らせた。だが、男たちの足跡のほかには犯人と結びつくような物は見当たらなかった。

十分ほど経つと、百面鬼が階下に降りてきた。

「絹子を連れ去った奴らが二階に上がった痕跡はねえな」

「そう。犯人側は、電話で百さんに何か要求する気なんだろう」

見城は言いながら、リビングセットのサイドテーブルの上にある電話機を見た。

留守録音機能付きで、ハンドフリーの状態でも通話のできる電話機だった。

「百さん、犯人から連絡があったら、マイクロテープに脅迫の内容を録音したほうがいいな」

「そうすらあ」

「それから、ついでに犯人側とはハンドフリーで喋ってくれないか。おれも敵の脅迫電話を聴いておきたいんだ」

「わかった」

百面鬼がリビングソファに腰かけ、電話機を睨んだ。見城も隣のソファに坐った。

電話が鳴ったのは午前十一時半だった。

百面鬼の顔が引き締まった。マイクロテープの録音スイッチを押し、ハンドフリーにする。それから、外線ボタンを押し込んだ。

「百面鬼竜一だな?」

無機質な男の声が流れてきた。聞き取りにくい。ボイス・チェンジャーを使っているようだ。

「おれの女に妙な真似をしやがったら、てめえらを皆殺しにしてやるっ」

「威勢がいいな。さすがはキャリア連中を震え上がらせた無頼刑事だ」

「てめえら、欲深いぜ。弟の身柄と引き換えに五十七人のエリートどものスキャンダル写真や録音音声を渡したじゃねえか」

「確かに、あれは役に立ったよ。しかし、頭でっかちのエリートたちは優れた暗殺者にはなれないな。西尾健は全国労働者連合会の徳光会長を射殺したが、あっさり捕まってしまった。城道夫に至っては、東都大学の石堂教授の腕に掠り傷を負わせただけだった。不様にも取り押さえられてしまった。文武両道のキャリアはいないようだ」

「だから?」

「あんたは射撃術に長けてる。そこで、腰抜けエリートどもの代役を務めてもらいたいんだ」

男がそう告げた。

「おれに暗殺者になれってのかっ」

「そういうことだ。われわれは思想の偏ったオピニオン・リーダーをひとりずつ抹殺したいんだよ」

「やっぱり、そうだったか」

「こちらの要求を呑まなかったら、檜山絹子の命は保証できない」

「くそったれが！」

「標的は十六人いるんだが、とりあえず今夜午前零時までに毎朝日報の社主の綿貫大輝を暗殺しろ」

「八十過ぎの爺さんを殺したって意味ねえだろうが！　ほっといても、綿貫はそう何年も生きやしねえよ」

「それが、綿貫の父方も母方も長寿の家系なんだよ。現に綿貫の長兄も次兄も九十歳近いのにピンピンしてる。綿貫大輝も、まだ十年や十五年は楽に生きるだろう。しかし、そんなに長い間、社会に偏った思想を垂れ流されたんじゃ困るんだよ。綿貫が社主を務めている限り、毎朝日報の偏向報道は変わらない。だから、社会正義の名の下に綿貫大輝を処刑することにしたんだよ」

「きれいごとを言うんじゃねえ！　てめえらはラジカルな発言をしてる連中の口を封じて、力で言論統制をしようとしてるだけだろうがっ。『愛国青雲党』の仕業に見せかけて、毎朝日報東京本社にロケット弾を撃ち込んだのも、てめえらなんだろ？」

「あんたと遊んでる暇はない。その家の洗面室を覗くんだ。今夜使う銃器、標的の写真、会合などのスケジュール表を置いておいた。綿貫を暗殺し損なったら、檜山絹子の片方の耳を削ぎ落とす。十六人の標的を次々にうまくシュートしなかったら、あんたの女は手脚を捥がれた達磨になるよ」

「ちくしょう」

百面鬼が呻いた。

「無傷の檜山絹子と再会したかったら、こちらの命令に従うんだな。では……」

「おい、待て！　絹子と話をさせてくれ」

「いいだろう。いま、替わってやる」

男の声が沈黙した。

ややあって、電話機のスピーカーから女の声が響いてきた。

「百面鬼さん？」

「ああ、おれだ。辛い目に遭わせることになっちまって、済まねえと思ってる。勘弁してくれ」

「そんなことより、あなた、暗殺なんかしちゃ駄目よ。ここにいる人たちは、いずれ百面鬼さんも殺すつもりなんだから」

「絹子、そこはどこなんだ？」

「海のそばよ。それしかわからないわ。とにかく、罪のない人を撃つなんてことはやめてちょうだい！」

「しかし、おれが要求を突っ撥ねたら、絹子が……」

「わたしのことは考えないで。人殺しになんかなったら、あなたとは別れるわ」

「おれは、どうすりゃいいんだっ」

百面鬼が悲痛な声を張り上げた。

そのとき、不意に電話が切られた。

「洗面室を見てくる」

見城は言って、居間を出た。

洗面室は玄関ホールの奥の左側にあった。化粧ドアを開けると、白い洗面台の上にキャリングケースが差し渡してあった。ケースの上には、七・六二ミリＮＡＴＯ弾の詰まった弾薬ケースが置かれている。

鏡の棚の上には、標的の顔写真と今夜のスケジュール表が載っていた。

見城はそれらを胸に抱え、居間に戻った。

百面鬼が膝の上で、キャリングケースを開けた。中身は、アメリカの海兵隊の狙撃班が使っているM40A1という狙撃銃だった。

全長一メートル十センチで、銃身はステンレススチールだ。暗視スコープ付きだった。最大有効射程は千メートルだ。弾倉には五発入る。銃床はグラスファイバー製で、黒と緑のカムフラージュ仕上げになっている。

「見城ちゃん、どうすりゃいい？」

「毎朝日報の綿貫社主に脅迫音声を聴かせて、ひと芝居打ってもらおう」

「ひと芝居？」

「そう。綿貫にアラミド繊維でできた防弾胴着を着てもらって、ワイシャツの下に輸血用の血液袋をびっしり詰めておくんだ。百さんが左胸を撃てば、血がしぶくだろう。銃弾は、ボディー・アーマーのアラミド繊維に搦め捕られるって寸法さ」

「綿貫には死んだ振りをしてもらうってわけだな？」

百面鬼が確かめた。

「そういうこと！　この窮地を切り抜けるには、それしか方法がないよ」

「しかし、綿貫が協力してくれるかな。そんな危ない芝居はしたがらないんじゃねえのか？」

「渋るかもしれないが、なんとか納得させせるんだよ。人質の命がかかってるんだから、きっと協力してくれるにちがいない」

「そうかな」

「直に頼みに行くよりも、社会部の唐津さんに間に入ってもらったほうが効果的だろうな」

見城はそう言い、受話器を持ち上げた。

2

動く人影はない。

深夜の有栖川宮記念公園だ。間もなく午後十一時になる。

見城は園内の繁みに身を潜め、暗視望遠鏡を覗いていた。

旧ソ連軍の放出品だが、赤外線を使った旧式のノクト・ビジョンではない。ハイテクを結集したノクト・スコープだった。粒子は細かく、物がくっきりと見える。

百面鬼は数十メートル離れた暗がりの底で、M40A1を構えていた。弾倉には、一発しか七・六二ミリNATO弾が込められていない。

公園の際だった。

道路を挟んで、百面鬼の目の前に洒落たレストランクラブがある。南麻布五丁目だ。毎朝日報の綿貫社主は、男性秘書に化けた唐津と十一時にレストランクラブから出てくる手筈になっていた。

社主を説得するのに、二時間近くかかってしまった。綿貫は八十二歳の高齢ながら、危険な賭けには強いためらいを示した。無理もない。狙撃手の手許がわずかに狂っただけで、死ぬことになるかもしれないのだ。

唐津が人質の命がかかっていることを強調してくれなかったら、おそらく綿貫は奇妙な頼みごとを受け入れてくれなかっただろう。

綿貫の協力を得られると、見城は百面鬼と新宿にあるセキュリティーグッズの店に車を走らせた。

その店で、最も安全性の高い防刃を兼ねた防弾胴着を買った。その主な材質は、強靱なアラミド繊維だった。このハイテク繊維の引っ張り強度は鉄のおよそ十倍だ。

むろん、外部からの運動エネルギーの吸収性も高い。

秒速四百二十三メートルの大口径マグナム弾でも貫通することはなかった。また、被甲弾など特殊な加工がしてある強力な銃弾も阻止できる。

胴着(アーマー)はアラミド繊維で三層に織(お)られていた。しかも層の中にはナイロンの小片を重ねた鎧(よろい)状の網が張られ、その下は厚さ五ミリの特殊ゴム層になっている。

各種の銃弾はもちろん、大鉈(おおなた)も斧(おの)も撥(は)ね返す。それでいて、重さは三・四キロと意外に軽い。

日本も銃社会化しつつあるせいか、防弾胴着(ボディー・アーマー)の売れ行きが伸びている。大手商社マン、医者、弁護士、金融業者などが数十万円の商品を買い求めているらしい。

防弾胴着(ボディー・アーマー)を購入すると、見城たち二人は日赤病院に向かった。百面鬼が素姓を明かし、綿貫と同じ血液型の輸血用の血液を七袋ほど分けてもらった。

二人は毎朝日報東京本社に引き返し、綿貫や唐津と綿密な打ち合わせをした。実際に、目の前で綿貫社主に防弾胴着を身につけてもらい、血液の入ったビニール袋も装着させた。瘦身(そうしん)の綿貫の上半身は、それほど膨らんで見えなかった。

不意に腕時計型のトランシーバーが空電音を発した。

見城は左手首を顎(あご)の近くまで近づけた。雑音(ノイズ)が消え、松丸の声が洩(も)れてきた。

「おれっす。いまのところ、不審な車は見当たらないっすね」

「そうか。こっちも気になる影はないな。しかし、この公園の近くに必ず敵の人間がいるだろう」

「そうっすかね」

「松ちゃん、そのまま公園の周りをゆっくり走りつづけてくれないか」

「了解！　怪しい車を発見したら、さりげなく電波発信器を装着するっすよ」

「ああ、よろしくな。緊急の場合は別にして、もう交信は打ち切ろう」

見城はそう言い、トークボタンになっている竜頭から指を離した。

また、暗視望遠鏡を覗く。依然として、怪しい人影はどこにも見えない。

百面鬼は、すでにM40A1の引き金に指を添えていた。射程が短いから、百面鬼が狙いを外すことはないだろう。

見城はフード付きの黒いパーカの右ポケットに手を突っ込んだ。

指先が防犯ボールに触れた。逃げる銀行強盗などの体にボールを勢いよくぶつけると、中身の蛍光塗料が衣服に付着する仕掛けになっている。不審者を見つけたら、見城は防犯ボールを投げつける気でいた。

間もなく十一時になる。

見城は暗視望遠鏡のレンズをレストランクラブに向けた。ちょうどそのとき、店から綿貫と唐津が現われた。

その瞬間、銃声が夜気を震わせた。

左胸に被弾した綿貫が血煙をあげながら、レストランクラブの外壁まで吹き飛ばされた。ほとんど同時に、園内に白い閃光(せんこう)が走った。カメラのストロボが焚(た)かれたのだ。敵の人間が百面鬼の射撃の瞬間を撮(と)ったのだろう。見城は防犯ボールを掴み出し、闇(やみ)を透(す)かして見た。

狼狽(ろうばい)する百面鬼の向こうで、何かが動いた。

人間だった。追いかけようとしたとき、ふたたび園内で銃声が轟(とどろ)いた。

百面鬼が発砲したとは思えない。おそらく敵の誰かが、綿貫の止どめを刺したのだろう。

見城は暗視望遠鏡(ノクト・スコープ)をレストランクラブに向けた。

額を撃ち抜かれた綿貫が横倒しに転がっていた。微動だにしない。唐津が綿貫の上体を抱き起こしながら、大声で店の者を呼びはじめた。店から、支配人らしい中年の男が飛び出してきた。

見城は走りだした。すぐに百面鬼が駆け寄ってきた。

「おい、どうなってるんでえ?　二発目を撃ったのは、おれじゃねえぜ」

「敵のスナイパーが潜(ひそ)んでたんだろうね。百(どう)さんは、写真を撮った奴を追ってくれないか。あっちだよ」

見城は方向を示し、二弾目が放たれたと思われる場所に突っ走った。

百面鬼がいた場所の数十メートル離れた斜め後方だった。

見城は逃げる人影を見た。後ろ向きだった。割に背の高い男だ。右手に狙撃銃を手にしている。Ｍ40Ａ1（ワン）だった。

男が遊歩道に出た。

すかさず見城は防犯ボールを投げつけた。ボールは男の背中に当たった。蛍光塗料が飛び散った。男のマウンテンパーカが黄緑色（きみどりいろ）に光っている。

これで、もう見失うことはないだろう。見城はほくそ笑（え）んで、追走しつづけた。

男が急に立ち止まった。振り向きざまに、発砲してきた。銃声が夜のしじまをつんざいた。銃口炎（マズル・フラッシュ）は、かなり大きかった。

とっさに、見城は身を伏せた。目を凝（こ）らす。

男は気賀だった。気賀が狙撃銃を構え直し、また撃ってきた。見城は転がり、樹木の陰に身を寄せた。残弾は二発だ。

気賀が、たてつづけに二発ぶっ放した。

最初の銃弾は手前の樹木の幹にめり込み、次の弾（たま）は右手にある大木の梢（こずえ）を砕き飛ばした。

弾切れだ。見城は遊歩道に飛び出した。

気賀が狙撃銃を抱え、繁みの中に走り入った。見城は、気賀のパーカに付着した蛍光塗料を目で追いながら、必死に走った。

気賀は園内を半周すると、南麻布四丁目側に向かった。走りながら、彼はパーカを脱ぎ捨てた。

それから間もなく、ふっと姿が闇に呑まれた。

見城は、あたりを駆け巡った。どこにも気賀の姿はない。立ち止まって、見城は闇を凝視した。

そのとき、背後の太い樹木の上から何かが落ちてきた。

見城は振り向いた。狙撃銃を振りかぶった気賀が頭上から襲いかかってくる。見城は横に跳んだ。

M40A1の銃身が肩口を掠めた。見城は踏み込んで、順突きを放った。

だが、躱されてしまった。気賀が、また狙撃銃を振り翳した。見城は左飛び蹴りを放った。空気が躍った。

蹴りは気賀の胸部に極まった。気賀が前屈みになりながら、後ろに倒れた。

見城は、気賀の右腕を蹴り上げた。狙撃銃が落ちた。

「汚い手を使いやがって」

見城は気賀の顎を蹴り上げようとした。

だが、ブロックされてしまった。体のバランスを失ったとき、気賀が跳ね起きた。

ほとんど同時に、前蹴りを浴びせてきた。見城は退がった。

気賀が右脚を大きく引き、後屈立ちになった。何か格闘技を心得ているようだ。

「中国拳法のようだな？」

見城は身構えた。

「空拳道をちょっとな」

「沖縄空手と中国拳法をミックスした武術だな、一撃必殺の」

「よく知ってるな」

気賀が薄く笑って、高く跳んだ。空中で両脚を深く折り、二段蹴りを見舞ってきた。

見城は逃げなかった。右上段揚げ受けと下段払いで相手の連続蹴りを殺ぎ、双手突きを返した。気賀がよろけて、樹木にしがみついた。

そのとき、車のクラクションが短く鳴った。

気賀が狙撃銃を拾い上げ、不意に身を翻した。

見城は追った。気賀は樹木の間を巧みに縫いながら、公園の外に走り出た。

そこには、アメリカ製のＲＶ（リクリエーショナル・ビークル）が待ち受けていた。ドライバーは、三十歳前後の女だった。芽衣子と名乗った女のようだ。

気賀がＲＶの助手席に飛び乗った。見城は車道に走り出た。

ＲＶが猛然とダッシュした。

見城はＲＶを追いかけた。しかし、みるみる距離が大きくなっていく。

少し経つと、見城の脇を見覚えのあるワンボックスカーが走り抜けていった。

松丸の車だった。どうやら彼は、ＲＶに電波発信器を取り付けてくれたらしい。ワンボックスカーの中には、高性能の車輛（しゃりょう）追跡装置が積んであった。

松丸が敵のアジトを突き止めてくれるだろう。

見城は、気賀がマウンテンパーカを脱ぎ捨てた場所に引き返した。

パーカは、わけなく見つかった。右のポケットに、ブックマッチが入っていた。マッチ箱だ。

見城はライターの炎で、ブックマッチの文字を読んだ。厚木市の郊外にあるクレー射撃場の名と電話番号が記（しる）されていた。

気賀は一発で綿貫の額を撃ち抜いた。おそらく彼は、このクレー射撃場によく通っているのだろう。それなら、気賀の正体と住所はわかる。

見城はブックマッチをパーカの内ポケットに入れ、百面鬼を捜しに走った。

南麻布五丁目側に回ると、百面鬼がきょろきょろと周りを見回していた。見城は呼びかけ、百面鬼に駆け寄った。

「綿貫をシュートしたのは気賀って奴だったよ」

「ああ。四人組のボスだな？　気賀はM40A1を持ってた。奴らは、おれたちが何か小細工をすることを看破してたんだろう。で、気賀が念のために……」

「まずいことになったぜ。奴らは頭にきて、本当に絹子の片耳を削ぎ落とすかもしれねえ」

「あれは、威しだったと思うが……」

「気賀って野郎は、待ち受けてた仲間の車で逃げやがったのか？」

「そうなんだ。しかし、逃げたRVを松ちゃんが追跡中だよ」

「松、失敗らなきゃいいがな。写真を撮ったのは、口髭を生やしてる野郎だった」

百面鬼が言った。

「登坂って奴だろう。で、写真は？」

「M40A1を向けたら、カメラを捨てて逃げ出しやがったよ。弾なんか入ってねえのに。

カメラはコートのポケットに入ってる」

「登坂もRVに乗ったの？」

「いや、あの野郎は元麻布二丁目の方にひとりで逃げてったよ。追いたかったんだが、綿貫のことが気になったんでな」

「即死だったんだよね？」

「ああ。おれが駆けつけたときは、もう息絶えてた。間もなくパトカーが来るはずだ。そっちは消えたほうがいいな」

「百さんはどうするの？　綿貫殺しの容疑をかけられるかもしれないよ」

「毎朝日報の唐津の旦那は、おれが脅迫されて一発だけ発砲したことを証言してくれるって言ってるから、すぐに嫌疑は晴れるだろう」

「所轄署の奴らに、これまでの経過をすべて話す気？」

見城は訊いた。

「でっけえ獲物がいそうなのに、そんなことするわけないじゃねえか。脅迫された理由は、当然、ぼかすさ」

「百さん、ビル持ちの未亡人のことが心配なんだろ？　だったら、すべてを話してもかまわないよ。いや、そうしよう」

「絹子のことは心配だが、捜査員を総動員してもらっても、すぐに監禁場所がわかるわけじゃねえだろう」

「それはそうだろうが、おれたちだけの手で絹子さんを救出できるという保証もないんだぜ。いまは銭のことより、人質の救出を第一に考えよう」

「とにかく見城ちゃんは、松からの連絡を待ってくれや。それでアジトがわかったら、敵の誰かを痛めつけて、絹子のいる場所を吐かせてくれ。さ、早く消えろや」

百面鬼が言い残し、レストランクラブのある方に走っていった。

そのとき、複数のパトカーのサイレンが響いてきた。見城は有栖川宮記念公園を出て、裏通りに駐めてある自分の車まで駆けた。

ローバーに乗り込み、厚木のクレー射撃場に電話をかけてみる。

しかし、先方の受話器は外れなかった。当直の者はいないようだ。

見城は車のエンジンをかけ、ひとまず有栖川宮記念公園から遠ざかった。

明治通りに出て間もなく、自動車電話(カーフォン)に着信があった。すぐに見城は腕を伸ばした。

「おれっす。マークした車は、桜田通りを警視庁方向に走ってます。現在、神谷町(かみやちょう)のあたりっす」

松丸が告げた。

「尾行に気づかれた様子は？」

「まだ気づかれてないと思うな。見城さんの現在地はどこっす？」

「麻布十番の少し手前だ。一ノ橋で折れて、おれも桜田通りに入る。松ちゃんは、そのまま追尾してくれ」

「了解！　公園で十一時に二発銃声がしたっすよね。百さんが二発も撃ったんすか？」

「いや、二発目を撃ったのは敵の奴なんだ。気賀という男が、綿貫大輝の額を撃ち抜きやがったんだよ。その後、そいつはおれに四発も……」

「M40A1を抱えてRVに乗り込んだ奴っすね？」

「そう」

「毎朝日報の社主は、どうなったんす？」

「死んだよ。敵は、こっちのトリックを見抜いてたようなんだ」

「それじゃ、百さんが綿貫を射殺したと思われるんじゃないっすか？」

「最初は疑われるだろうな。しかし、唐津さんが証言してくれるって言ってるらしいから、すぐに疑いは晴れると思うよ。ただ、人質のことが気がかりでな」

見城はそう言い、通話を中断させた。

だが、どちらも電話は切らなかった。二人は連絡を取り合いながら、気賀たちの車を追った。

ローバーが日比谷の交差点を左折したとき、松丸が電話の向こうで叫んだ。

「あっ、RVが関東日々新聞社の地下駐車場に潜りました。大手町っす。おれも潜ったほうがいいっすか？」

「車を外に駐めて、そっとスロープを駆け降りてくれ。それで、気賀と女の様子をうかがってくれないか」

「了解！　それじゃ、いったん電話を切りましょうか？」

「そうしよう」

見城は通話終了キーを押した。

関東日々新聞は関東という名称が冠せられているが、れっきとした全国紙だった。戦後間もなく関東地区の地方紙として創刊され、十年後に全国紙に成長したのだ。いまや五大紙の一紙だった。

初代の社主の陣内隆信は、すでに九十歳近い高齢だ。戦前は大手新聞社の記者だったが、製紙会社の筆頭株主の後押しで関東日々新聞社を興したのである。

主幹の陣内隆信は紙面に娯楽性を色濃く打ち出し、部数を飛躍的に伸ばした。

それに勢いを得て、関東テレビ、関東放送、関東出版、関東映像、関東音楽プロなどを次々に興し、いつしか〝マスコミ界の帝王〟の異名をとるようになった。関東グループの総帥として、エネルギッシュに働いていた。

ところが、十数年前にゴルフ場で脳血栓で倒れてしまった。車椅子に頼る生活になると、陣内隆信は長男の隆之に自分のポストをすべて譲り、財界から引退してしまった。

長男の隆之も父親に負けない経営手腕の持ち主だった。グループ全体の年商を何倍にも膨らませた。しかし、過労が祟り、五十一歳の若さで急死してしまった。

そして、三代目の総帥に選ばれたのが創業者の長女で隆之の妹の夫である陣内知明だった。創業者は自分の後継ぎの長男に万が一のことがある場合を考え、長女の夫を結婚時に婿養子にしたのだ。

現在、二十数社を傘下に治めた関東グループを率いている陣内知明は五十七歳だ。岳父の初代や二代目の義兄よりもクールな経営哲学を持ち、そのワンマンぶりは広く知れ渡っていた。

おまけに、思想的にも頑迷な人物だった。もともと陣内一族は保守的な考えを信奉していたが、陣内知明は極右に近かった。そして、常々、新聞社の中立報道の欺瞞性を声高に叫んでいた。それを裏づけるように、陣内は関東日々新聞の寄稿家を右寄りの学者やジャーナリストに絞っている。陣内知明が保革の妙な歩み寄りに腹を立て、言論統制を企てたという推測も成り立ちそうだ。

見城はそう考えながら、車のスピードを上げた。

やがて、関東日々新聞の十三階建ての近代的な社屋が見えてきた。そのビルの手前に、松丸のワンボックスカーが駐めてあった。

見城はローバーを松丸の車の後ろにパークさせ、関東日々新聞社の地下駐車場の出入口に走った。

スロープを下りかけたとき、下から松丸が駆け上がってきた。

「車に乗ってた男女は、エレベーターで十三階に上がったきりっす。十三階には会長室があるだけみたいっすよ」

「そうか。松ちゃん、会長室の専用電話の外線に盗聴器を仕掛けてくれないか」

「いいっすよ。ここの親玉が黒幕なんすかね？」

「その可能性はあるだろう」

見城は言った。松丸が社屋を仰いでから、自分の車に作業道具を取りに走った。

張り込み開始だ。見城はローバーに戻り、暗がりまで後退した。

3

地下駐車場から黒いポルシェが出てきた。

午前二時過ぎだった。見城は暗視望遠鏡(ノクト・スコープ)を覗いた。

ステアリングを操(あやつ)っているのは陣内知明だった。陣内は関東出版が発行している週刊誌に顔写真入りで、連載エッセイを書いていた。

見城は、その週刊誌を何度か読んでいた。

助手席に坐っているのは露木芽衣子と名乗った女だ。陣内の愛人なのかもしれない。

見城は腕時計型トランシーバーのトークボタンを押した。

「松ちゃん、おれはポルシェを追尾(ついび)する」

「それじゃ、おれは気賀って男をマークするっす」

「ああ、頼む。しかし、深追いはしないでくれよ。気賀の住まいを突き止めるだけでいいんだ」

「わかってるっすよ」

松丸の声が途絶(とだ)えた。

見城は車を発進させ、ワンボックスカーを追い越した。黒いポルシェは、だいぶ遠ざかっていた。しかし、車の数は少なかった。マークした車を見失うことはなさそうだ。

見城はたっぷり距離をとりながら、注意深くポルシェを追った。

陣内の専用電話の外線に松丸がうまく盗聴器を取り付けてくれたが、あいにく電話は一度も使われなかった。外からも電話はかかってこなかった。

ポルシェは竹橋に出ると、飯田橋方面に向かった。おおかた陣内は、女のマンションに行くのだろう。

見城は、そう見当をつけた。

それは正しかった。やがて、ポルシェは市谷薬王寺町にある高層マンションの玄関前に停まった。予想に反して、車を降りたのは女だけだった。

陣内の車は、すぐに走り去った。

女はアプローチに向かった。見城は素早く車を停め、女に忍び寄った。女がハンドバッグの中から鍵(キー)を取り出し、オートロックを解(と)いた。

見城は女の背にライターの底を押し当てた。拳銃を持っている振りをするときに、よく使う手口だった。

「騒ぐと、撃つぞ。おとなしく部屋に案内してもらおう」

「あ、あなたは!?」

女が小さく振り返って、美しい顔を強張(こわば)らせた。

「スマイル、スマイル！　そんな顔が防犯カメラに映ると困るんだよ」

「逆(さか)らわないから、乱暴はしないで」

「さ、行こう」

見城は女の背を押した。エントランスロビーには誰もいなかった。

女をエレベーターに乗せ、見城はハンドバッグを引ったくった。中に運転免許証が入っていた。

女の本名は露口麻祐子(つゆぐちまゆこ)だった。ちょうど三十歳だ。

「運転免許証は預かっとく」

「…………」

「部屋は何階だ？」

「十階よ」

麻祐子がボタンを押した。

扉が閉まり、エレベーターが上昇しはじめた。見城は、ふたたび麻祐子の背にライターの底を押し当てた。エレベーターが停止するまで、どちらも口を開かなかった。

麻祐子の部屋は一〇〇一号室だった。室内は暗かった。間取りは2LDKだった。誰かが潜んでいる気配はない。

見城は麻祐子を奥の寝室に押し込み、バックハンドで頰を張った。麻祐子がダブルベッドに倒れ込んだ。

「女に暴力は使いたくないが、いまのは地下室の小部屋で殺された真杉知佐子たちの代わりにビンタを喰らわせたんだ」

「何を言ってるの⁉　話がさっぱりわからないわ」

「往生際が悪いな。そっちは気賀、登坂、相川、星の四人組にいろいろ指図して、進歩的な文化人たちの息子や孫たちを快楽殺人の罠に嵌めさせた。歪んだ殺人遊戯の生贄にされた女は、全部で何人なんだ？」

「………」

「服を脱げ！　素っ裸になるんだっ」

見城は鋭く命じた。

麻祐子が上体を起こし、テーラードスーツの上着を脱いだ。シルクブラウスのボタンを外しながら、彼女は駆け引きするように言った。

「わたしが欲しいんだったら、いくらでも抱かせてあげるわ。その代わり、わたしを救けて」

「救ける？」

「ええ、そうよ。わたし、関東テレビの編成局で働いてるんだけど、半年ほど前にライバル会社のテレビ局の重役に企業秘密を売ったことがあるの。そのことを陣内会長に知られて、悪事の手伝いをさせられてるのよ」

「あんたの色仕掛けは、もう通用しない」

「ううん、嘘じゃないわ」

「あんたは陣内知明の愛人だなっ」

「わたしが会長の愛人ですって!?」

「そうじゃないって言うのか」

見城は麻祐子の顔を見据(みす)えた。

「わたしが会長の愛人なら、あの男をここに招き入れてるわ。でも、わたしは会長とはマンションの前で別れたでしょ？　会長の車を尾行してたんだろうから、そのことは知ってるはずよ」

「たまたま陣内は疲れてたんで、まっすぐ自分の家に帰る気になったんだろう」

「お願い、わたしを信じて！」

「信じてやりたいが、谷倉山の山荘でハニートラップに嵌められたからな」

「あのときは、仕方がなかったのよ。気賀たち四人は陣内会長の忠犬だから、わたしが妙な真似をしたら、すぐにご注進に及ぶと思ったから……」

麻祐子は長袖ブラウスとスカートを脱ぎ、ランジェリーだけになっていた。

「そっちは、気賀たち四人を顎で使ってたように見えたぞ。奴らは、あんたの忠犬なんだろうが」

「あの連中は、わたしが会長と特別な関係だと勝手に誤解してるだけよ」

「それは、どうかな」

「わたしから陣内会長を遠ざけてくれるなら、あなたに全面的に協力してもいいわ」

「陣内の悪巧みを何もかも喋るってわけか？」

「ええ、もちろんよ。それから、会長が気賀に脅迫や殺人を指示してるときの録音音声もあなたにあげるわ。わたし、自分の弱みを何かで相殺させる気でいたのよ。それで、会長室にこっそり盗聴器を仕掛けておいたの」

「そのテープは、どこにあるんだ？」

見城は訊いた。

「お友達に預かってもらってるの」

「いいかげんなことを言うなっ」

「なんだったら、朝になったら、あなたをお友達の所に連れてってもいいわ」

「気賀は何者なんだ？」

「彼は、気賀敏彦（としひこ）は会長のお抱え運転手だったのよ。でも、学生時代にクレー射撃で国体に出たことがあることを知って、会長が強請（ゆすり）や誘拐なんかの裏仕事のチーフにしたの」

「陸自にいた登坂剛は、関東グループの会社で働いてたのか？」

「登坂剛は、気賀と同じクレー射撃クラブのメンバーだったらしいわ。それで、気賀の口ききでメンバーになったって話よ。相川勉と星清は、関東グループの系列会社に勤めてたの」

　麻祐子がそう言い、ブラジャーとパンティーを取り除いた。

「陣内知明は反体制派の言論人の口を封じて、マスコミ工作をする気なんだな？」

「ええ、そうよ」

「陣内が気賀やそっちにやらせたことを順番に話してもらおうか」

　見城は言った。

「その話は、後でゆっくり……」

「檜山絹子の監禁場所を言え！」

「伊豆の関東グループの保養所にいるはずよ」

「詳しい場所を言うんだ」

「その前に、わたしたちが味方同士になる儀式をしたいわ」

麻祐子が見城の前にひざまずき、せっかちな手つきでチノクロスパンツのファスナーを引き下げた。トランクスの前を押し下げ、見城のペニスをくわえ込んだ。

見城は、麻祐子の好きなようにさせた。

巧みなフェラチオだった。見城は、ほどなく昂まった。

「おれはサービスしないぞ。ベッドに腹這いになって、ヒップをこっちに向けてくれ」

「ちょっと待って。いま、危ない時期なの。だから、悪いけど、女性用のコンドームを使わせて」

麻祐子が顔を上げ、恥じらいを含んだ声で言った。

見城は無言でうなずいた。麻祐子がナイトテーブルに歩み寄り、引き出しから白っぽい箱を取り出した。見城は突っ立ったままだった。麻祐子がしゃがみ、氷袋に似たピンクの女性用スキンを体内に埋めた。

「あまり待たされると、ビクターの犬みたいにうなだれちまうよ」

見城は急がせた。

麻祐子がベッドカバーに上半身を伏せ、形のいいヒップをぐっと突き出した。亀裂から食み出たスキンの上部は、朝顔の花びらを連想させた。

見城は体を繋いだ。スキンの中は、ゼリー液でぬめっていた。谷倉山の山荘の浴室で短く交わったときの感じと勝手が違った。

それでも動いているうちに、あのときの圧迫感が蘇ってきた。締めつけは鋭かった。

「もっとワイルドに突いて！」

麻祐子があけすけに言って、白い尻を弾ませはじめた。

肉と肉のぶつかり合う音が淫猥だった。見城は、がむしゃらに動いた。

少し経つと、締めつけに痺れが加わりはじめた。ゼリー液が体に適わないのか。

副業に支障をきたすとまずい。早いところ、終わらせよう。

見城は、さらにダイナミックに腰を躍らせた。それから何分も経たないうちに、ペニスの感覚がなくなった。それだけではなく、下半身全体が痺れてきた。

「ゼリー液の中に全身麻酔薬が入ってるんだな」

「ええ、そうよ。尿道から薬が回って、そのうち上半身も痺れてくるでしょうね」

麻祐子が嘲笑しながら、烈しく尻を振った。

見城は麻祐子の髪の毛を引っ摑んだ。

「また、おれを嵌めやがったな」

「二度も引っかかるだなんて、本当におめでたい男ね」

「くそーっ」

「いいかげんに離れてよ」

麻祐子が疎ましげに言って、尻で見城を思うさま突いた。

見城は床に引っくり返った。肘で体を起こそうとしたが、力が入らない。上半身も痺れはじめていた。ほどなく意識が急に混濁した。

どれぐらい気を失っていたのだろうか。

見城は尻に異物感を覚え、我に返った。チノクロスパンツは腿まで下げられていた。

誰かが肛門に、硬いペニスを押しつけている。

見城は身震いし、首を捩った。相川が荒い息遣いで、見城の尻に股間を押し当てていた。

「離れやがれ！」

見城は相川を肘で弾いた。

相川が尻餅をついた。下半身だけ裸だった。反り返った分身は黒々としていた。

見覚えのある店内だった。

なんとゲイバー『紫』ではないか。ママや従業員たちの姿はない。ママの小柴淳は見城に余計なことを喋ったため、登坂にどこかに連れ去られたのだろうか。

「おとなしく尻（けつ）を貸してくれなきゃ、こっちも手荒なことをやらなきゃならなくなるよ」

相川が綿ブルゾンのポケットから、フォールディング・ナイフを摑み出した。すぐに刃を起こした。刃渡りは十三、四センチだった。見城はソファに肘をつき、横蹴りを浴びせた。ナイフが舞った。

敏捷（びんしょう）に跳ね起き、トランクスとチノクロスパンツを引き上げる。すぐ横のテーブルの上に、食べかけのスパゲッティ・ミートソースが載っていた。

相川が床に落ちたナイフに手を伸ばした。

見城はスパゲッティの皿に寝かせてあるフォークを素早く摑み、相手の右手の甲に深く突き立てた。相川が歯を剝（む）いて、高い悲鳴を放った。フォークの爪（つめ）には、血の粒（つぶ）が絡みついていた。

「この店のママに何をしたんだ？」

見城は訊いた。

相川は答えようとしない。見城は切れ長の目を片方だけ眇め、フォークを左右に大きくこじった。相川の凄まじい声が店内に響いた。

「ママはどうしたんだ?」

「知らないよ。おれがここに来たときは、誰もいなかったんだ」

「登坂がママをどこかに連れ出したらしいな。まあ、いい。それより、檜山絹子は伊豆のどこにいる? 答えろ!」

「………」

「世話を焼かせやがる」

見城はフォークを引き抜き、今度は相川のペニスに突き刺した。

相川が白目を見せて、絶叫した。横に転がり、四肢を縮める。

見城はフォールディング・ナイフをL字形の紫色のソファの下に蹴り込んでから、乱暴にフォークを引き抜いた。また、相川が唸った。

「汚えマラをおれの尻にくっつけた罰だ。てめえの尻めどにフォークをぶっ刺してやってもよかったんだがな」

「お、おれが悪かったよ」

「人質の監禁場所を言え!」

「伊東市の宇佐美(うさみ)にある関東テレビの保養所にいるよ。宇佐美港の近くだ。行けば、すぐにわかるだろう」

「ここで、おとなしくしてろ」

見城は相川のこめかみを蹴りつけ、カウンターに駆け寄った。

店の電話機を使って、百面鬼の携帯電話を鳴らす。すぐに百面鬼が電話口に出た。

「おれだよ、百(どう)さん。未亡人の監禁されてる場所がわかった」

見城はそう前置きし、経緯(いきさつ)を手短に話した。

「ありがとよ。すぐ宇佐美に向かう。そっちは、ひとりで大丈夫か？」

「ああ。おれは相川ってゲイを楯(たて)にして、陣内と麻祐子を生け捕(いど)りにするよ。明日、二人で陣内たちをたっぷり痛めつけてやろう」

「そうだな。とりあえず、おれは絹子を救い出す。それじゃ！」

百面鬼が先に電話を切った。

見城はカウンターから離れ、相川のそばに戻った。ソファに腰かけ、血塗れのフォークを相川の首筋に垂直に当てた。相川の下腹部は血糊で真っ赤だった。

「露口麻祐子の正体を喋ってもらおう。あの女は、関東テレビの局員なんかじゃないなっ」

「痛いよ。痛くて、とても喋れない。病院に連れてってくれ」

相川が呻きながら、弱々しい声で訴えた。

「甘ったれるな！」

「頼む、せめて救急車を呼んでくれないか。お願いだよ」

「海上保安庁の救護班にいた男でも、てめえのマラの手当てはできないってわけか」

「………」

「麻祐子は何者なんだ？」

「陣内会長の愛人だよ。会長は婿養子のせいか、家では奥さんに頭が上がらないんだ。だから、彼女を愛人にしたようなんだ」

「ただの愛人じゃないはずだ。あの女は、妙に度胸が据わってるからな」

「彼女は関東テレビから毎月、給料を貰ってるが、社員じゃないことは確かだよ。でも、本当の素姓はおれたちにはわからないんだ」

「粘るな」

「嘘じゃない、信じてくれ」

「おまえが嘘をついてるのかどうか、体に訊いてみよう」

見城は言うなり、フォークを相川の脇腹に浅く埋めた。

相川が人間の声とは思えない唸り声を発した。その直後、店のドアがすかに軋んだ。

敵だろう。見城はフォークを引き抜き、すっくと立ち上がった。

その瞬間、店の照明が掻き消えた。見城は目を凝らした。

ドアの近くに、人影が一つ見えた。見城の足許に何かボールのような黒っぽい塊が転がってきた。空気の洩れるような音をたてている。手榴弾だった。

見城は手榴弾を拾って、ドアの方に投げ返した。奥のトイレの近くまで後退したとき、店内に赤みを帯びた橙色の閃光が走った。

耳を聾するような炸裂音が響き、物の壊れる音が重なった。見城の脚にも、コンクリートの破片がぶち当たった。

「くそっ」

見城はフォークを投げ捨て、炎が上がりはじめた店を飛び出した。

エレベーターホールに走る。ちょうど扉が閉まる寸前だった。数センチの隙間から、女装した男の横顔が見えた。なんと『紫』のママの小柴淳だった。

見城はエレベーターを停止させようとした。しかし、間に合わなかった。

扉がぴたりと閉まり、エレベーターが下降しはじめた。見城は階段の降り口に回り、一気に一階まで駆け降りた。

飲食店ビルを飛び出し、左右を見た。

小柴の姿は見当たらなかった。あたりを走り回ってみたが、やはり虚しい結果に終わった。小柴は陣内に何か弱みを握られて、仕方なく手榴弾を使ったのだろう。見城は飲食店ビルに駆け戻り、ゲイバーに引き返した。

店内は火の海だった。

見城は入口から、相川の名を呼びつづけた。しかし、返事はなかった。

4

夜明けが近い。

見城は黒いポルシェの陰にうずくまっていた。麻祐子のマンションの地下駐車場である。

大塚からタクシーで市谷薬王寺町まで戻ったのは、およそ三時間前だ。

ローバーは駐めたときのままだった。妙な細工はされていなかった。見城は車を裏通りに移し、このマンションの地下駐車場に潜り込んだのだ。

一〇〇一号室の寝室には陣内知明がいるにちがいない。陣内と麻祐子は熱い情事を終え、寝入っているのだろうか。

見城は、ひたすら陣内が現われるのを待ちつづけた。

ローバーを移動中に、松丸から連絡があった。気賀の自宅を突き止めたという報告だった。四人組のリーダーは、東急東横線の自由が丘駅のそばに住んでいるらしかった。

見城は陣内を押さえられなかったら、気賀を締め上げる気でいた。

百面鬼は、うまく檜山絹子を救出できただろうか。

一時間ほど前に百面鬼に電話をかけてみたが、携帯電話の電源は切られていた。まだ救出に手間取っているようだ。

見城は何となく不安になってきた。

百面鬼が暗殺を実行しなかったわけだから、敵は、もはや人質は脅迫の材料にならないと判断したのではないか。足手まといの絹子を殺してしまう可能性もある。

しかし、そうなったら、敵は自分たちの手で標的の言論人たちを暗殺しなければならなくなる。それも、ひとりや二人ではない。いくら気賀敏彦が射撃の名手だったとしても、かなり骨が折れる。となると、絹子を生かしておいて、また百目鬼に暗殺を強いるかもしれない。

見城は不吉な予感を胸から追い払って、楽観的に考えることにした。

相川はゲイバーの店内で死んでしまったのか。おそらく手榴弾で吹き飛ばされた何かに直撃され、彼は身動きできなくなったのだろう。もがいているうちに、炎に呑まれたのかもしれない。

それにしても、『紫』の経営者の小柴淳と陣内の関わりがわからない。陣内に何か弱みを押さえられて、手榴弾を渡されたと考えたが、果たしてそうだったのか。

小柴の前歴を考えると、単なるゲイバーのママではないのかもしれない。

彼は陸上自衛隊幕僚監部調査部別室の地下工作員なのだろうか。あるいは、内閣調査室と深く結びついている調査機関の情報提供者なのかもしれない。

露口麻祐子も、内閣調査室と何らかの繋がりがありそうだ。

麻祐子が個人的な理由で、陣内に協力しているだけなのか。それとも、国家の秘密機関がマスコミ界を牛耳(ぎゅうじ)っている陣内と共謀し、言論工作を謀(はか)ろうとしているのか。

後者だとしたら、巨大な敵と闘わなければならなくなる。国家は何が何でも、陰謀を隠蔽(いんぺい)する気になるだろう。

見城は、さすがに緊張した。

しかし、尻尾(しっぽ)を巻く気はなかった。国家絡みの陰謀を暴(あば)けば、途方もない巨額を脅し取れる。数百億円はふんだくれそうだ。ただ、生涯、殺し屋の影はつきまとうだろう。

そこまでやれば、世界でも指折りの強請屋になれるだろう。どうせなら、それぐらいビッグになりたいものだ。見城は半ば本気で、そう思いはじめた。

奥のエレベーターホールで靴音が響いたのは五時二十分過ぎごろだった。

見城は身を屈めながら、走路に近づいた。ホールの方から歩いてくるのは陣内知明だった。ひとりだけだ。すぐに見城はポルシェの後ろに身を潜めた。

ほどなく陣内が自分の車の左側に回り込んだ。キーホルダーを手にしていた。

陣内がドアのロックを外し、運転席に半身を入れた。

その瞬間、見城は素早く動いた。陣内の頸部に手刀打ちを浴びせる。

陣内が呻いて、前屈みになった。見城は陣内の喉に右腕を回し、もう一方の手で片腕を捩上げた。

「幽霊じゃないぜ。相川は死んだようだがな」

「きさまは見城豪だな」

「やっぱり、おれの名を知ってたか」

「わたしをどうするつもりなんだ!?」

陣内が、くぐもった声で言った。

見城は無言で陣内をポルシェから引きずり出し、エレベーターに乗せた。十階で降り、一〇〇一号室のインターフォンを鳴らした。

ややあって、スピーカーから麻祐子の声が洩れてきた。

「どなた?」

「ドアを開けないと、陣内の首の骨をへし折るぞ」

「その声は……」

「そうだよ、そっちの色仕掛けに二度も引っかかったおめでたい男だ」

見城は言った。その声に、陣内の声が重なった。

「麻祐子、開けてやれ」

「は、はい」

麻祐子の声が熄んだ。

少し待つと、玄関のドアが開けられた。麻祐子は真珠色のナイトウエアをローズ色のネグリジェの上に重ねていた。

「入れ!」

見城は陣内の尻を膝で蹴りつけた。

陣内が靴を擦り合わせて脱ぎ、玄関ホールに上がった。見城は土足のままだった。

麻祐子が見城を睨みつけながら、居間まで後ずさった。見城は陣内の背広の襟を深く捉え、ぐいぐいと喉を絞めつけた。

陣内が喉を軋ませながら、尻から落ちた。

見城も尻を床につき、左腕を陣内の腋の下から伸ばし、もう片方の襟をむんずと摑んだ。

両腕で喉を絞め上げながら、両脚で陣内の下半身の動きを封じる。柔道の送り襟絞めだ。

ほどなく陣内は気絶した。

見城は陣内のベルトとネクタイを使って、逆海老固めに手脚を縛り上げた。立ち上がったとき、急に麻祐子が右手にある寝室に逃げ込んだ。すぐにドアを閉め、内錠を掛けた。

見城はドアに体当たりした。

内錠が壊れた。ドアを押すと、麻祐子が万年筆のような物を手にしていた。

よく見ると、ペン型ガンだった。先端は小さな銃口になっている。

ペン型ガンは本体が銃身で、キャップの部分に撃針が収められている。キャップの頭を強く押すと、小口径の銃弾が飛び出す仕組みになっていた。

欧米のスパイたちがよく使っている特殊武器である。たいがい実包は一発しか使えない。

「ゆっくりと両手を頭の上に乗せて、俯せになって！」

「そんな特殊銃、どこで手に入れたんだっ。内閣調査室の官給品か？」

「早く言われた通りにしないと、撃つわよ」

「二十二口径の弾じゃ、そう簡単に人は殺せやしないぞ」

「頭部や心臓部を狙えば、殺せるわ」

「なら、試してみな」

見城は挑発した。

麻祐子が目を尖らせ、ペンの本体を強く握りしめた。その瞬間、見城は跳んだ。

袈裟蹴りは、麻祐子の豊かな胸に決まった。麻祐子は後ろのチェストまで吹っ飛んだ。

ペン型ガンは暴発しなかった。

見城は走り寄って、ペン型ガンを奪い取った。

麻祐子を摑み起こし、居間まで歩かせた。床に押し倒し、ナイトウエアとネグリジェの前をはだけさせる。麻祐子は何も下着をつけていなかった。

「ちょっとサイズが物足りないだろうが、我慢するんだな」

見城は上体を起こしかけた麻祐子をウッディフロアに押しつけ、ペン型ガンの銃身を性器に沈めた。

　麻祐子の顔が恐怖で引き攣る。

「このままの状態で発砲したら、子宮や内臓がぐちゃぐちゃになるな。おそらく出血多量で、一時間以内には死ぬだろう」

「いやよ、そんなの」

「だったら、おとなしく質問に答えるんだな」

　見城はソックスに挟みつけてある超小型録音機の録音スイッチを押し、にんまりと笑った。

　麻祐子が顔をそむけた。

「まず、そっちの所属機関の名を教えてもらおうか」

「わたしは関東テレビの編成局に勤めてるって言ったでしょ」

「そんな嘘は、もう通用しないんだよ」

　見城はペン型ガンを抜き差ししてから、銃口で花弁や花芯も撫でた。

「やめてよ、こんなときに！」

「なんか息が弾んできたな」

「ろくでなし！」

麻祐子が蔑むような眼差しを向けてきた。

ふたたび見城はペン型ガンの銃身部分を膣内に潜らせ、子宮口を圧迫した。麻祐子が顔をしかめながら、内閣調査室の室員であることを明かした。

「国家ぐるみの陰謀だったのか？」

「陰謀って、何のこと？」

「無駄は省こうぜ。陣内がそっちや気賀たち四人を使って、反体制派の言論人たちの息子や孫を快楽殺人者に仕立てて、彼らの父親や祖父の言論活動を封じたことはわかってるんだっ」

「…………」

「ついでに、被害者の名を挙げてやろう。高名な社会評論家の力石真一郎、風巻泰輔、歴史学者の大木戸寛、それから息子の殺人ビデオを自宅に送られて父子心中を遂げた三角宗房もそうだ。ほかにも、大勢の文化人が同じ目に遭ってるはずだ」

「…………」

「快楽殺人の罠に嵌めたのは、何人なんだ？」

「わたしはよく知らないのよ。評論家や学者の家族の弱みを押さえたのは、気賀たち四人だったから。だいたい三十数人だと思うわ」

「ようやく喋る気になったか。いい子だ、ごほうびをやろう」

見城は悪戯っ気を起こし、ペンの丸い部分でGスポットを擦りたてはじめた。

すぐに麻祐子が切なげに呻き、内腿を擦り合わせた。快楽には克てなかったのだろう。

「女には、やっぱり、こういう拷問がいいな」

「いやよ、やめて。ああっ……」

「峰岸判事のスキャンダルを押さえて、百面鬼幸二を拉致したのも、あんたたちだよな？　幸二の兄貴に警視庁の有資格者五十七人のスキャンダル写真や録音音声を出させて、二人のキャリアに全国労働者連合会の徳光晴哉会長たち二人を狙撃させたのも、あんたらなんだろっ」

「そ、そうよ。ううっ、あふっ」

「しかし、射撃の下手な警察官僚たちに反体制派の言論人たちを暗殺させるという計画に不安を感じたあんたらは、暗殺代行人に新宿署の百面鬼刑事を選んだ。だが、百面鬼刑事が最初の標的の毎朝日報の綿貫社主をまともに狙撃しないかもしれないと考え、クレー射撃の名手の気賀に止どめを刺させた。そうだなっ」

見城は声を張った。

「そ、その通りよ」

「さっきの質問に戻るが、陣内知明が企んだ言論弾圧と反体制派の文化人たちの暗殺計画に国家はどこまで絡(から)んでるんだ？」

「…………」

麻祐子は黙ったままだった。

「早く口を割らないと、そっちの腸(はらわた)が飛び散るぞ」

「やめて！　言うわ、言うわよ。うちの室長がわたしと同じように、個人的に陣内会長に協力してるだけよ」

「内調の室長の名を言え！」

「信濃薫(しなのかおる)よ」

「警察庁から出向してるエリートか？」

「ええ、そう」

「いくつなんだ？」

「四十七歳よ」

「なぜ、室長の信濃は関東グループの総帥と手を結ぶ気になった？」

見城は訊いた。

「室長はマスコミ工作を成功させて、もっと偉くなりたいのよ。彼は、警察庁長官まで登りつめることを夢みてるの。それに……」

「それに、何だ？」

「わたし、信濃とも他人じゃないのよ。陣内と深い関係になる前に、彼と一年半ほどつき合ってたの。信濃の奥さんに勘づかれたので、別れることになったけど」

「たいした悪女だよ、そっちは。マラ兄弟を共謀させたんだからな」

「わたしは反体制派の人間が憎いのよ」

「なぜだ？」

「成田闘争の最中に、運輸省（現・国土交通省）の高級官僚だった父が過激派の奴らに鉄パイプで撲殺されてしまったのよ。それ以来、体制側に楯突く人間は嫌悪するようになったの」

「だから、内調に入ったわけか」

「そうよ。ああ、せっかくいい気持ちになってたのに、快感がダウンしちゃったわ」

　麻祐子が不満を漏らした。

「毎朝日報の社主や幹部社員宅に盗聴器を仕掛けて、東京本社にロケット弾を撃ち込んだのも、あんたたちの犯行だな」

「…………」

「素直にならないと、大怪我するぞ。小柴淳をどんな手で仲間に引きずり込んだんだ？」

「あのオカマは公安調査庁と内閣調査室の両方と繋がってる情報屋なのよ。それに、小柴は真杉知佐子を憎んでたから、殺人遊戯の生贄（いけにえ）に選んだの。合成幻覚剤と骨伝導（こつでんどう）マイクによる暗示は彼のアイディアだったの。ジメチルトリプタミンも、彼が製造したのよ」

「小柴が知佐子を憎んでたって？」

見城は訊き返した。

「そうよ。知佐子って女は自分の裸を見てもまったく勃起（ぼっき）しなかった小柴を小ばかにして、性転換しろって言ったらしいの。小柴はへらへら笑って調子を合わせてたらしいけど、心の中では殺意すら感じてたって話だったわ。五人の女性受刑者を脱走させようって言いだしたのは小柴だったのよ」

「そうだったのか。谷倉山でエメラルドのイヤリングを落としたのは、そっちなんだなっ」

「そうよ」

「なぜ、あれを必死になって、回収しようとしたんだ？」

「わたしの指紋から内調の人間だということがバレると思ったのよ。警察庁の指紋登録カードにわたしの分は載ってないけど、外務省の特別カードには登録されてたから」

「なるほどな。もう一つ教えてくれ。なぜ、銀宝堂で片方だけイヤリングをつくらせる気になったんだ？」

「あのイヤリングは陣内のプレゼントだったのよ。もう話しかけないで。わたし、こっちに神経を集中させたいんだから」

麻祐子がそう言い、自分の指で昇りつめた。

その瞬間、憚(はばか)りのない声をあげた。その淫らな声が陣内を目覚めさせた。

「おまえたち、何をしてるんだ!?」

「ようやく、おめざめか。ちょっとお医者さんごっこをな。あんたが内調の信濃室長と結託してたことや悪事の一部始終を麻祐子が吐いてくれたよ」

「ほんとなのか!?」

「ああ。録音音声を聴かせてやろう」

見城はペン型ガンを麻祐子に向けたまま、ソックスに挟んであるマイクロカセット・テープを取り出した。

テープを巻き戻し、すぐに再生ボタンを押す。麻祐子の自白テープを聴き終えると、陣内が言った。

「そのテープを渡してくれたら、きみを関東日々新聞の非常勤の重役にしてやろう。もちろん、名目だけだがね。その代わり、給与という形で年に三千万円払ってやる」

「そんな端金(はしたがね)じゃ、話にならない。おれの口を封じたかったら、百億円用意しろ」

「正気なのか!?」

陣内が高い声を放った。

「ああ。銭のほかに、あんたが脅迫材料にした快楽殺人ビデオをそっくり貰う」

「あれは、もう焼却してしまったよ。嘘じゃないんだ」

「その話は信じてやってもいい。その代わり、百面鬼刑事から奪った五十七人のキャリアのスキャンダル写真や録音音声をそっくり返すんだっ」

「あれは返してやる。しかし、百億円の口止め料は高すぎる」

「いやなら、勝手にしろ。あんたは社会的に葬られることになるがな」

「二、三日、考えさせてくれないか」

「いいだろう。その間、あんたの愛人を預からせてもらうぞ」

見城は言った。

陣内が、仕方ない、と口の中で呟(つぶや)いた。すると、麻祐子が跳ね起きた。

「あなた……」

「心配するな。きみを見殺しにはしないよ」

「この男に、ちゃんと口止め料を払ってくれるのね？」

「ああ、そのつもりだ」

陣内はそう言い、口を噤んでしまった。

見城は、麻祐子に衣服をまとわせた。陣内をそのままにして、麻祐子を部屋から連れ出す。

見城はローバーの陰で麻祐子に当て身を見舞った。

麻祐子は短く唸って、その場に頽れた。見城はぐったりとした麻祐子をトランクルームに入れ、ガムテープで口を塞いだ。両手の自由も奪った。

運転席に乗り込むと、自動車電話が鳴った。発信者は百面鬼だった。

「絹子が死んだ。殺されたんだよ、奴らに」

「ええっ」

「宇佐美港の脇を通りかかったら、地元署のパトと海上保安庁の警備艇が……」

「未亡人は海に投げ込まれてたのか!?」

「ああ、両手と両脚を切断されてな。敵の奴らを皆殺しにしてやる！」

「おれは、絹子に惚れてたんだ。いつか再婚してもいいと思ってたのに」

「露口麻祐子が陣内知明の陰謀を洗いざらい吐いたよ。陣内も、それを認めた。陣内は、内調の信濃って室長とつるんでたんだ。陣内には、百億の口止め料を要求しといた。二、三日考えさせてくれと言うんで、いま、麻祐子を人質に取ったとこなんだよ」

見城は言った。

「おれはオリらあ。そっちひとりで、陣内たちを咬めや」

「百さんは、さんざんな目に遭ったんだ。関東グループの総帥を無一文にしてやっても……」

「銭なんかで決着はつけられねえよ。おれは、かけがえのない女を殺されちまったんだ。見城ちゃんが銭を寄せたら、首謀者の命を獲る！」

百面鬼が吼えるように言い、男泣きに泣きはじめた。

「百さん、おれにできることがあったら、遠慮なく言ってくれないか」

「あ、あいつの、絹子の弔いの手配を頼むよ。絹子は身寄りがねえんだ」

「わかった。それは任せてくれないか」

「おれ、死にてえ気分だぜ」

「百さん、辛いな」

「百さん、早く亡骸のそばに戻ってやりなよ」

見城は通話を切り上げた。百面鬼の号泣が耳を搏った。

貰い泣きしそうになった。見城は慌ててポケットのキーを探った。エンジンをかけても、すぐには車を発進させられなかった。

いつしか夜が明けていた。朝の光は、妙に棘々しかった。

エピローグ

弔い酒が苦い。

いくら飲んでも酔えなかった。早くも見城は、スコッチ・ウイスキーを一本空けていた。

麻布十番にある檜山邸の居間だ。

百面鬼が愛した女性は、応接間にしつらえられた小さな祭壇の骨箱の中に納まっていた。やくざ刑事は祭壇の前に坐り込み、子供のように泣きじゃくっている。

その嗚咽は居間まで響いてきた。

居間には、見城のほかに松丸、里沙、唐津がいた。見城は弔いの手配を引き受けたものの、そうしたことには馴れていなかった。そこで、毎朝日報の唐津に泣きついたのである。

気のいい唐津は二つ返事で引き受けてくれた。そのおかげで、檜山絹子の葬儀は滞りなく執り行われた。

といっても、淋しい葬儀だった。

故人の旧友や亡夫の関係者が十人ほど弔問に訪れたきりだ。絹子の死に方が死に方だったからか、近所の者は町内会の会長夫妻が義理で顔を見せただけだった。

麻祐子をここに連れてきて、故人に詫びさせるべきだったか。

見城は、ふと思った。いま、麻祐子は都心のホテルのトイレに監禁中だ。全裸で便座に腰かけさせ、配水管にプラスチックの紐で縛りつけてある。むろん、口は粘着テープで封じておいた。

「百さん、よっぽどショックだったみたいっすね」

斜め前のソファに坐った松丸が、ぽつりと言った。すぐに隣に腰かけた唐津が口を開いた。

「警察回りの駆け出し記者時代からの長いつき合いだが、百さんの涙を見たのは初めてだよ。トレードマークの薄茶のサングラスを外して、大粒の涙をぽろぽろ流してた。おれ、慰めようがなかったよ」

「下手な慰めや励ましはしないほうがいいんじゃないのかしら?」

里沙が口を挟んだ。

「そうだね。人間が悲しみに打ちひしがれてるときには何も声をかけないで、そっと肩を抱くだけにしたほうがいいんだろうな」

「そう思うわ」

「結局、同じ悲しみを味わった者にしか、本当の辛さや痛みはわからないからな。そうだろう、見城君？」

唐津が同意を求めてきた。

「実際、そうですよね。同じ悲しみを背負わなきゃ、他者の気持ちなんか理解できっこない」

「そうだよ。だから、きみにはバツイチ男の悲しみは理解できないわけだ」

「例の所には、いつか必ずご案内しますよ」

見城は先回りして言った。すると、かたわらの里沙が問いかけてきた。

「例の所って？」

「唐津さんは銭湯の研究家なんだよ。奥さんと別れた悲しみを癒やすため、最近は銭湯の研究に没頭してるらしい」

「そうだったの」

「それで、おれが知ってる浅草方面の伝統的な銭湯に案内することになってたんだ。しかし、なかなか都合がつかなくて、延々になってたんだよ」

見城は里沙に言い、唐津に目顔で話を合わせるよう訴えた。と、唐津がにやけた顔つきになった。

「銭湯といっても、ソープランドだけどね」

「ええっ」

「見城君は、その方面には明るいみたいなんだ」

「わたし、知らなかったわ。お金で女性を買ってたなんて……」

「冗談ですよ、里沙さん。おれは、消えゆく町の銭湯に愛着を持ってるんだ」

「ああ、驚いた。もう少しで見城さんを軽蔑するところだったわ」

里沙が安堵した表情になった。

遊軍記者の旦那は悪趣味だ。見城は唐津を睨めつけた。

「そうだ、見城君に訊きたいことがあったんだ」

「絹子さんの事件のことは、おれ、何も知りませんよ。百さんも何も知らないんじゃないのかな。見知らぬ男から急に電話がかかってきて、伊東の宇佐美港に行ってみろって言われただけらしいから」

「百さんもそう言ってたが、おたくら二人は何か隠してるな。女性受刑者の護送車襲撃事件とラジカルな言論人たちの変節や綿貫社主の暗殺、それから絹子さんの死なんかも連鎖してるはずだよ」

「推理小説の読みすぎでしょ？　どれも、まったく関連性のない事件（ヤマ）だと思うな」

「久しぶりにスクープ記事を書きたいんだ。見城君、協力してくれないか」

「何か知ってたら、出し惜（お）しみなんかしませんよ。唐津さんには、いろいろ世話になってますからね。しかし、本当に何も知らないんですよ。おれは、真杉知佐子の行方をずっと追ってたんでね」

「その調査で、何か別のものが見えてきたんだろう？」

「いいえ、何も……」

「喰（く）えない男だ。まいった、まいった。おっ、もうじき十時か。おれは、ぼちぼち引き揚げよう」

　唐津はソファから立ち上がり、祭壇のある応接間に向かった。

　故人に線香を手向（たむ）け、間もなく辞去した。

　それから十分ほど経ってから、里沙と松丸も帰った。見城はウイスキーのボトルとグラスを持って、応接間に移った。

　百面鬼は遺影を見つめながら、オールド・クロウをストレートで呷（あお）っていた。

　二本目のバーボンだった。見城は百面鬼のがっしりした肩に軽く手を置き、絨毯（じゅうたん）の上に直に胡坐をかいた。黙って自分のグラスにスコッチを注ぐ。

二人は何も言葉を交わさなかった。

黙々とグラスを口に運びつづけた。見城のグラスが空になったとき、インターフォンが鳴った。立ち上がって、壁掛け式の受話器を取る。

「夜分遅くに申し訳ありません。わたし、日本橋の檜山ビルのワンフロアを借りている者ですが、家主さんに線香をあげさせてください」

男の低い声が流れてきた。

「だいぶ時刻が……」

「すみません。仕事で、少し前に出張先から戻ったんですよ。ご迷惑でしたら、明日、出直しますけど」

「いいえ、どうぞご焼香を」

見城は言って、受話器をフックに掛けた。

弔問に訪れるには非常識な時刻だろう。陣内知明が刺客を放ったとも考えられる。見城は警戒しながら、応接間を出た。

玄関ドアの死角になる場所で待ち受けていたほうがよさそうだ。片方の靴に足を突っ込んだとき、不意にドアが開いた。

消音器付きの自動拳銃を握った気賀敏彦が立っていた。黒ずくめだった。気賀の後ろには、女装した小柴淳がいた。やはり、サイレンサーを装着した拳銃を構えていた。

「百さん、敵だ！」

見城は玄関ホールの電灯を消し、居間の中に逃げ込んだ。すぐに居間の照明も落とした。ほとんど同時に、玄関ホールの向こう側にある応接間のシャンデリアも消された。

気賀と小柴が玄関ホールに上がった。

二つの影は背中合わせになり、すぐに引き金を絞った。圧縮空気の洩れるような音が重なり、小さな炎が瞬いた。

どちらかが放った銃弾が、見城の頭の上を通過していった。

衝撃波で頭髪が揺れた。後ろで、リビングボードのガラスの砕ける音がした。

見城は腰を落とし、近くにあったエクストラチェアを二人の襲撃者に投げつけた。

手前にいる男が呻いて、少しよろけた。小柴だった。

突然、重い銃声がたてつづけに三発轟いた。

二つの影が縺れ合いながら、ゆっくりと玄関ホールに倒れた。百面鬼が発砲したことは間違いない。

見城は玄関ホールの照明を灯した。

気賀と小柴は三カ所ずつ被弾していた。気賀の頭、胸、太腿の三カ所を貫いた銃弾が、小柴の顔面、胸、腰をも抉ったのだ。どちらも目を見開いたまま、息絶えていた。

「見城ちゃんは消えてくれ」

百面鬼がニューナンブ60をホルスターに戻し、命令するように言った。

「こいつらは一発ずつしか撃たなかった。百さん、過剰防衛で面倒なことになるぜ。死体を始末したほうがいいんじゃないか？」

「なあに、二人の持ってる拳銃の弾倉を空っぽにすりゃ、おれの弾数のほうがずっと少なくならあ」

「なるほど。どっちもサイレンサー付きだから、発射音は家の外に洩れる心配はないな。それじゃ、後始末は頼もう」

見城は大急ぎで檜山邸を出て、路上に駐めてあるローバーに走り寄った。

車には、危険な物は仕掛けられていなかった。乗り込んで、ローバーを明治通りに向ける。

最初の十字路を通過すると、脇道から黒っぽいＲＶが滑り出てきた。敵の者が待ち受けていたにちがいない。

見城は加速した。RVも猛然と追ってきた。

助手席と後部座席の窓から、消音器を嚙ませたライフルの銃身が突き出された。

見城は車をS字走行させはじめた。しかし、それほど道幅は広くない。大きくは蛇行できなかった。リア・バンパーに何度か着弾音が響いた。

見城は焦りを覚えた。

数百メートル走ると、左側に大型の保冷車が駐めてあった。見城は、その保冷車の前にローバーを滑り込ませた。タイミングを計って、いきなり通りの中央に車を進める。

不意に何かが眼前に飛び出してくると、ドライバーはとっさにパニック・ブレーキをかけるか、ハンドルを大きく切ってしまう。

見城は、人間の条件反射を衝く勝負に出たわけだ。

RVの運転手は、予想通りハンドルを大きく切った。そのままビルの角に激突した。

運転席の星と助手席の登坂は、押し潰されて身動きが取れない。苦しげに唸っている。

後部座席のドアが開き、ライフルを抱えた男が慌てて逃げていく。見たことのない男だった。内閣調査室の信濃室長の息のかかった殺し屋だろう。

雑魚を相手にしても仕方がない。星と登坂は、あのままにしておくことにした。

見城はステアリングを左に切って、アクセルを踏みつけた。

翌日の深夜である。

見城は小さなトンネルの出口のそばに立っていた。

私鉄の高架線路下の短いトンネルだった。かつては暗渠だった場所だ。

見城は少し前に、出口の両側の土中に鉄柱を深く埋め、横に二十センチ間隔にピアノ線を差し渡し終えたところだった。

水平に張られたピアノ線には、無数の剃刀刃が接着されている。

見城と百面鬼が二人がかりで、強力接着剤で貼りつけたのだ。薄い刃は、トンネルの内側に向けられていた。

見城は軍手をウールブルゾンのポケットに入れ、煙草をくわえた。

火を点けたとき、トンネルの反対側で百面鬼の怒声が響いた。

竦み上がった二人の男は、関東グループの総師と内閣調査室の室長だった。赤坂の料亭の前で待ち受けていた百面鬼に捉えられ、陣内と信濃は拉致されたのだ。

見城たちは松丸が陣内の専用電話の外線に仕掛けてくれた盗聴器によって、敵の首謀者たちの密談場所を知ったのである。

きょうは処刑の日だった。

見城は煙草をくわえたまま、出口の際（きわ）の暗がりにたたずんだ。

百面鬼がニューナンブ60を引き抜いた。気賀と小柴を射殺したことは、正当防衛として認められていた。

襲撃者たちの拳銃の弾倉を空にするという小細工が通用したわけだ。そのため、檜山邸の応接間の壁や総革張りの高級ソファセットは弾痕（だんこん）だらけになってしまった。

「百億円は払ってやる。だから、短気を起こすな」

「発砲したら、きさまは刑事をつづけられなくなるんだぞ」

陣内の語尾に、信濃の震え声が重なった。

「もう銭じゃ、決着（オトシマエ）はつけられねえんだよ。それに、刑事なんか一生つづける気はねえ。あいにくだったな、二人とも」

「とにかく、もう一度話し合おうじゃないか」

「てめえらと話し合う気なんかねえ。撃ち殺されたくなかったら、二人とも死にもの狂いで逃げるんだな」

百面鬼が撃鉄を親指の腹で搔き起こし、拳銃の銃把（グリップ）を握り直した。片手保持だった。

陣内と信濃がほぼ同時に百面鬼に背を向け、トンネルの出口に向かって全力疾走しはじめた。すぐに百面鬼が一発だけ撃った。威嚇（いかく）射撃だった。

陣内と信濃が意味不明の叫びをあげながら、凄（すさ）まじい形相（ぎょうそう）で駆けてくる。

二人は、そのままピアノ線に相前後して激突した。絶叫と絶叫が重なった。

陣内と信濃は、霞網（かすみあみ）に引っかかった野鳥のような恰好（かっこう）でピアノ線にぶら下がっていた。

二人とも、首の骨までピアノ線が達していた。顔面や手の甲には、剃刀の刃が深く突き刺さっている。血みどろだった。

百面鬼が身を翻（ひるがえ）し、トンネルの向こう側に消えた。見城は短くなった煙草を遠くに投げ捨て、斜面を駆け上がった。

すでに百面鬼は覆面パトカーに乗り込んでいた。

見城は急いでローバーの運転席に入った。トランクルームには、全裸の麻祐子を閉じ込めてあった。両手首を縛ったロープは二十メートル以上の長さだった。

二台の車は東京港連絡橋（レインボーブリッジ）に向かった。

橋上の中央に着いたのは、およそ三十分後だった。橋上の車道にパーキングすることは禁じられていたが、見城たちはそれを無視した。あたりに、人の姿はなかった。

見城はローバーのトランクルームから裸の麻祐子を抱え出し、ロープの端を橋の手摺（てすり）に二重に縛りつけた。百面鬼が、麻祐子の口許の布テープを荒っぽく引き剝（は）がした。

「わたしを橋の上から、吊り下げる気なのねっ」

麻祐子が見城の顔を見上げた。

「そうだ」

「なぜ、そんなことをするの!? 昼間、愛し合ったのに……」

「そっちを抱いたのは、ただの退屈しのぎさ。別に赦したわけじゃない」

「わたしを騙したのねっ」

「二度も騙されたから、騙し返してやったんだよ。殺されずに済むだけ、ありがたいと思え」

「宙吊りにされたら、わたし、どうなるのよ。いや、投げ落とさないで!」

「どうなるか、潮風に訊くんだな」

見城は首にしがみついている麻祐子の腕を引き剝がし、彼女を欄干から投げ落とした。

麻祐子の細い悲鳴が尾を曳き、ロープが垂直に垂れた。百面鬼が両腕で、ロープを揺さぶった。

白い裸身が闇夜の中で、時計の振り子のようにスイングしはじめた。

「百さん、弔い酒を飲み直そう」

見城は極悪刑事に言って、ローバーのドアを勢いよく開けた。

橋の下から、麻祐子の救いを求める声が聞こえてきた。その声は、貨物船の霧笛にすぐに掻(か)き消された。

今回は銭を寄せられなかったが、悪い気分ではない。たまには、こういうことがあってもいいだろう。見城はギアをＤ(ドライブ)レンジに入れた。

百面鬼のギャランが急発進した。見城は覆面パトカーを追った。

カーラジオのスイッチを入れると、古いモダンジャズが流れてきた。〝街では聖者になれない〟という歌詞の入ったナンバーだった。

できすぎだ。見城は微苦笑し、低くハミングしはじめた。

本書は、二〇一三年六月に徳間文庫から刊行された作品に、著者が大幅に加筆修正したものです。

本作品はフィクションであり、実在の個人・団体とは一切関係がありません。
（編集部）

実業之日本社文庫　最新刊

朝倉かすみ
ぼくとおれ
同じ日に生まれた四十男ふたりが描いた〝人生の地図〟を、昭和から平成へ移りゆく世相と絡め、巧みな筆致で紡ぐ。『平場の月』著者の珠玉作。（解説・大森望）
あ22 1

沖田正午
おれは百歳、あたしも百歳
時は二〇四九年、平均寿命が百歳を超えた日本。百歳の夫婦が百三十六歳の母を介護する、桜田家の笑いと涙の日々を描く超老後小説。これがニッポンの未来？
お6 2

沢里裕二
処女刑事　性活安全課VS世界犯罪連合
札幌と東京に集まる犯罪者たち—。開会式を爆破!?松重は爆発寸前!!　処女たちの飽くなき闘い。豪華キャストが夢の競演！　真木洋子課長も再び危ない!?
さ3 10

小路幸也
スローバラード　Slow ballad
連鎖する事件に、蘇る絆。30年の歳月は誰を変えたのか。北千住「弓島珈琲」が舞台のほろ苦い青春ミステリー〈ダイ〉シリーズ最新刊！（解説・藤田香織）
し1 4

中得一美
嫁の家出
与力の妻・品の願いは夫婦水入らずの旅。けれど夫は……人生の思秋期を迎えた夫婦の「心と体のすれ違い」と妻の大胆な決断を描く。注目新人の人情時代小説。
な7 1

南英男
盗聴　強請屋稼業
脱走を企てた女囚が何者かに拉致された！　調査を依頼された強請屋探偵の見城豪は盗聴ハンターの松丸とともに真相を追うが……傑作ハード犯罪サスペンス！
み7 14

吉田雄亮
騙し花　草同心江戸鏡
旗本屋敷に奉公に出て行方がわからなくなった娘たちはどこに消えたのか？　草同心の秋月半九郎が江戸下町の闇に戦いを挑むが……痛快時代人情サスペンス。
よ5 5

実業之日本社文庫　好評既刊

南 英男
強奪　捜査魂
自衛隊や暴力団の倉庫から大量の兵器が盗まれた。新宿署の生方警部が捜査を進める中、巨大商社にロケット砲弾が撃ち込まれた。テロ組織の目的とは……!?
み7 11

南 英男
首謀者　捜査魂
歌舞伎町の風俗嬢たちに慕われた社長が殺された。新宿署刑事・生方が周辺で頻発する凶悪事件との関連を探ると意外な黒幕が!?　灼熱のハード・サスペンス!
み7 12

南 英男
飼育者　強請屋稼業
一匹狼の私立探偵が卑劣な悪を打ち砕く!　強請屋探偵の見城(けんじょう)が、頻発する政財界人の娘や孫娘の誘拐事件の真相に迫る。ハードな犯罪サスペンスの傑作!
み7 13

今野 敏
潜入捜査
拳銃を取り上げられ「環境犯罪研究所」へ異動した元マル暴刑事・佐伯。己の拳法を武器に単身、暴力団壊滅へと動き出す!(解説・関口苑生)
こ2 1

今野 敏
排除　潜入捜査
シリーズ第2弾、元マル暴刑事・佐伯が、己の拳法を武器にマレーシアに乗り込み、海外進出企業に巣食うヤクザと対決!(解説・関口苑生)
こ2 2

実業之日本社文庫　好評既刊

今野敏
処断　潜入捜査
シリーズ第3弾、元マル暴刑事・佐伯が己の鉄拳を頼りに、密漁・密輸を企てる経済ヤクザの野望を暴く、痛快アクションサスペンス！（解説・関口苑生）
こ23

今野敏
罪責　潜入捜査
シリーズ第4弾、ヤクザに蹂躙される罪なき家族を、元マル暴刑事の怒りの鉄拳で救えるか!? 公務員VSヤクザの死闘を追え！（解説・関口苑生）
こ24

今野敏
臨界　潜入捜査
シリーズ第5弾、国策の名のもと、とある原子力発電所で発生した労働災害の闇を隠蔽するヤクザたちを、白日の下に晒せ！（解説・関口苑生）
こ25

今野敏
終極　潜入捜査
不法投棄を繰り返す産廃業者は企業舎弟で、テロネットワークの中心だった。潜入した元マル暴刑事・佐伯涼危し！　緊迫のシリーズ最終弾。（対談・関口苑生）
こ26

今野敏
デビュー
昼はアイドル、夜は天才少女の美和子は、情報通の作曲家や凄腕スタントマンら仲間と芸能界のワルを叩きのめす。痛快アクション。（解説・関口苑生）
こ27

実業之日本社文庫　好評既刊

今野 敏
殺人ライセンス
殺人請け負いオンラインゲーム「殺人ライセンス」の通りに事件が発生!?　翻弄される捜査本部をよそに、高校生たちが事件解決に乗り出した。（解説・関口苑生）
こ2 8

今野 敏
襲撃
なぜ俺はなんども襲われるんだ――!?　人生を一度は放棄した男と捜査一課の刑事が、見えない敵と闘う痛快アクション・ミステリー。（解説・関口苑生）
こ2 10

今野 敏
マル暴甘糟（あまかす）
警察小説史上、最弱の刑事登場!?　夜中に起きた傷害事件は暴力団の抗争か半グレの怨恨か。弱腰刑事の活躍に笑って泣ける新シリーズ誕生！（解説・関根 亨）
こ2 11

今野 敏
男たちのワイングラス
酒の数だけ事件がある――茶道の師範である「私」が通うバーから始まる8つのミステリー。『マティーニに懺悔を』を原題に戻して刊行！（解説・関口苑生）
こ2 12

今野 敏
マル暴総監
史上〝最弱〟の刑事・甘糟が大ピンチ!?　殺人事件の捜査線上に浮かんだ男はまさかの……痛快〈マル暴〉シリーズ待望の第二弾！（解説・関口苑生）
こ2 13

実業之日本社文庫 み714

盗聴(とうちょう) 強請屋稼業(ゆすりやかぎょう)

2020年2月15日　初版第1刷発行

著　者　南 英男(みなみひでお)

発行者　岩野裕一
発行所　株式会社実業之日本社
〒107-0062　東京都港区南青山5-4-30
CoSTUME NATIONAL Aoyama Complex 2F
電話 [編集]03(6809)0473 [販売]03(6809)0495
ホームページ　https://www.j-n.co.jp/
ＤＴＰ　ラッシュ
印刷所　大日本印刷株式会社
製本所　大日本印刷株式会社

フォーマットデザイン　鈴木正道(Suzuki Design)

ISBN978-4-408-55566-9（第二文芸）